Hans Pleschinski

DER HOLZVULKAN

Hans Pleschinski

DER HOLZVULKAN

Ein deutscher Festbrief

Mit einem Nachwort
von Gustav Seibt

C.H.BECK textura

Die Reihe textura wurde vom Verlag Langewiesche-Brandt (Ebenhausen bei München) begründet und wird seit dem Jahr 2010 vom Verlag C.H.Beck fortgeführt.

Satz: Fotosatz Amann, Memmingen
Druck und Bindung: Pustet, Regensburg
Umschlaggestaltung: Kunst oder Reklame, München
Gedruckt auf säurefreiem, alterungsbeständigem Papier
(hergestellt aus chlorfrei gebleichtem Zellstoff)
Printed in Germany
ISBN 978-3-406-66753-4

Frühere Ausgaben sind erschienen bei:
Haffmans Verlag, Zürich, 1986
Verlag Michael Kröger, Braunschweig, 1995

Für die vorliegende Ausgabe wurde der Text überarbeitet (siehe Anmerkung des Autors).

www.beck.de

«Wenn Verdienst und Wünsche gelten sollten, so würde der Hertzog einer der größten Monarchen sein.»

Liselotte von der Pfalz

Die Geister haben gewartet, auf einem Rastplatz, in den Wiesen. Dear Charles, steckt Professor Wilkies Germanistisches Institut noch seine zwei Backsteinkamine in den sonnigen Himmel von Berkeley? Bräunen sich auf dem Campus-Rasen, Tennisschläger und Paperbacks unterm Kopf, noch unsere Top-Gehirne und Top-Bodys der Zukunft?

Bevor mir hier auch nur eines der Affentempelchen, eines der chinesischen Goldglöckchen der gestrigen Nacht verlorengeht, sollst Du das Neue aus Europa hören, aus Westdeutschland, Du weißt, das strapazierte Handtuch, oder wie das Pentagon die tüchtige IBM-Niederlassung abzukürzen pflegt: ‹Area D›. So jedenfalls hat mir vor drei Tagen beim Abflug von Kennedy Airport jemand zugeflüstert und gemeint, ‹D› hinge mit dem nächsten ‹D-Day› zusammen. Aber das koloniale Verhältnis zwischen Europa und Amerika hat sich sowieso umgedreht. Enthusiastisch kann ich Dir einen denkwürdigen Brief garnieren, Charles. Hol Dir Dein dickstes German-English-Wörterbuch vom Regal, denn in meinen, wie Du ja sehen wirst, nur so sprudelnden Bericht sollen haufenweise würzigste, seltenste Klumpen Deutsch plumpsen, die Dir unter anderem beweisen werden: Kanadas Provinz Neu-Braunschweig könnte durchaus New-Zarmizegethusa heißen.

Ja, ich habe Fieber. Warm eingepackt liege ich auf einem fremden Sofa inmitten einer Schlucht von schweinsledernen Büchern aus Mayflower-Zeiten, sinne einem größenwahnsinnigen Monarchen hinterher und schniefe Dir die Bazillen aufs Papier. Influenza und Schnupfen habe ich von den Geistern. Und der, der mich ihnen zugeführt hat, hat mir zur Genesung seine gute Stube überlassen. Er ist Bibliothekar, fängt im Dienst eines toten Herzogs junge Ausländer ein und hat daneben eine, wie ich bei jedem Happen feststelle, äußerst leckere Anton-Ulrich-Torte erfunden – hier gleich ein paar europäische Biskuitkrümel ins Kuvert.

Lieber Charles, vergiß die Rocky Mountains und verinnerliche jetzt (neben mir liegt eine wundervolle alte Landkarte von Norddeutschland um 1710): ‹Atzumer Hügel›.

Bei diesen Hügeln, kerngesund noch, wie es sich gehört für einen kalifornischen College-Studenten, war ich gestern, und ich sage Dir: Dort ruht der reine Irrwitz made in Germany. Keine Angst, ‹Atzumer Hügel› hat weder mit ‹Bergen-Belsen› noch überhaupt etwas mit Adolf Hitler zu tun. Zum deutschen Irrwitz dieser Hügel gehört für einmal nicht der ‹Führer›, sondern viel eher Federico Fellini.

Mit dem schrottreifen Opel, den ich mir in Hamburg zugelegt hatte, bin ich also gestern früh Richtung Süden gestartet. Es war und ist hier in Wolfenbüttel so südlich wie in Vancouver im Oktober. Nun ja, es ist ja auch Oktober. Als ich losfuhr, schüttete es aus dem grauen Himmel, und falls das mit dem giftigen Regen hier stimmt, dann muß der Petrus Germaniens gestern sein größtes Faß mit Salzsäure auf Lower Saxony ausgegossen haben. Was sag ich Dir ganz rasch von der Fahrt? Bassins von Kläranlagen waren meist links der Straße, rechts dauernd winzige Möbelcenter, und ehe ich richtig Gas gegeben hatte, war ich in Hannover, was sie, anders als in Kansas und Ohio, noch mit zwei ‹n› schreiben. Sie haben hier keine Entfernungen. Noch einmal aufs Gas getippt, und ich war in Zarmizegethusa, wo man sich fragt, ob man nicht den Highway nach Oakland erwischt hat. ‹Das haben die Jungs von der Airforce hingekriegt›, dachte ich verlegen. An einer breiten Straße aber sagte mir eine junge Frau: «Hier hat unser Schloß gestanden. 1961 hat's der Stadtrat, ich glaub wegen der Trasse, gesprengt.» GIs, das nebenbei, habe ich übrigens nirgendwo sehen können. Hier oben ist alles britische Besatzungszone.

Ich bin weitergefahren. Die Frau hatte mir Wolfenbüttel empfohlen (ich will Dir flink auf einer alten Pergamentseite den Decknamen heraussuchen), hatte mir also ‹Dinogetia› empfohlen, wo ich Fachwerkhäuser fotografieren könne.

Nicht ahnend, daß ich mich sehr bald neben einer gar nicht vorhandenen Pagode wiederfinden und eine Kuh aus einem Thronsaal verscheuchen würde, machte ich mich auf. Es mag fünf Uhr nachmittags gewesen sein.

Zwar regnete es nicht mehr ganz so heftig, aber genug, um über eine flache, grünliche, braune Gegend auch noch einen unvergeßlichen Wasserschleier aus Grau zu legen. Auf Schildern wurden Abzweigungen zum Harz angezeigt. ‹Der Blocksberg›, dachte ich da noch normal literarisch, ‹nun ist Fausts

Hexentanzplatz ganz nah bei mir.› Aber, ist das nicht kurios, Charles, heute können weder die Hexen von Ost noch die von West zum Sabbath ihrer Johannisnächte. Die tausend Kilometer Grenze mit Todesstreifen, die sie sich hier eingehandelt haben, gehen mitten über ihre Zauberberge.

Ich habe vom Harz schwarze, hohe Wölbungen gesehen.

An einer Landstraßenkreuzung Richtung Fachwerkstadt hatte ich Zeit genug zu zählen, daß die deutsche Verkehrspolizei 37 Hinweisschilder angebracht hat. Bei solchen Attraktionen, wollte es mir scheinen, sind wir beide womöglich die letzten Idealisten, die in Wilkies Examenskursen kostbare Lebenszeit mit der überzähligen Der-Die-Das-Sprache vergeuden. Bald aber sollte ich und gleich sollst Du für all die Paukerei wunderbar entschädigt werden.

Linker Hand zeigte sich hinter Dunstfahnen, die über den abgeernteten Feldern gehißt waren, eine leicht bewaldete Erdwelle, nicht viel mehr als ein länglicher Hügel.

Kämst Du zu dem winzigen Höhenzug, Charles, auch Du würdest nicht das geringste Anzeichen dafür entdecken, daß man Meter um Meter den Taten eines deutschen Größenwahnsinnigen entgegensteuert.

Nasse Straße, nasse dunkelnde Bäume, in der Ferne eine nasse schiefergraue Kirchturmspitze, mehr sah auch ich nicht … Ich fuhr aber nicht daran vorbei: Der Krach aus dem steinalten Opelmotor und die scheppernde Heizung hatten angefangen, mir enorm auf die Nerven zu gehen. Es gab da einen Rastplatz, ein paar festgeschraubte Holztische mit angeschraubten Bänken. Ich stellte den Motor ab und rollte auf die kleine Asphaltfläche neben der Straße, zwängte mich in meine Jacke, griff meinen Schirm und stieg aus.

Ich ging ein paar Schritte in der Dämmerung, wischte mit der Handkante eine Bankecke trocken und setzte mich hin. Von da konnte ich den Hügelhang hinab auf eine ziemlich weite Ebene schauen. Hatten bisher nur Dunstfahnen über dem Boden gehangen, so schienen sich jetzt über die graugrünliche Senke zu tief gesunkene Wolken zu schieben. ‹Das nebelige Schottland›, dachte ich ganz angetan, ‹kann ich mir jetzt sparen.›

Daß ich am anderen Ende des Rastplatzes einen Mann sah, der mit gleicher Blickrichtung wie ich auf einer Bank saß, war eine Überraschung. Ich zuckte zusammen, es parkte kein zweites Auto hier; ich hatte mich allein geglaubt.

‹Ein eiserner Spaziergänger›, meinte ich von dem dicken Dreck an seinen Gummistiefeln ablesen zu können. Ich lugte unter dem Rand meines Schirms genauer hin. Zu den verdreckten Stiefeln wollte die dunkelbraune Pelerine genauso wenig passen wie der Hut, dessen tropfende Bohème-Krempe dem Mann fast bis auf die Schultern hinunterschlappte und meinem Blick nicht einmal seine Nasenspitze preisgab.

‹Einer der vielen deutschen Selbstmordkandidaten›, war mein zweiter blödsinniger Gedanke. ‹Ein Deutscher›, kam es mir in den Sinn, ‹der an verregneten Oktoberabenden sein Dichterkostüm überwirft und in den Dunst schweigt.› Entweder sehr müde oder vollkommen entspannt saß der Mann geradeaus schauend auf seiner angeschraubten Rastplatzbank, während ich den Regen laut im gelben Kastanienlaub rascheln hörte.

‹Mit dem werde ich noch Worte wechseln›, wußte ich schon jetzt. Ich wußte aber nicht, Charles, welche es sein würden, wichtige, kostbare über niedersächsische Bauern in Aztekentracht, auch über einen Sohn, der sich zum Mißvergnügen seines großen herzoglichen Vaters von Prinz Christian auf den Stiefel pinkeln ließ …

Ich erschrak. Aus der Entfernung vernahm ich ein Klicken. Gleich darauf begannen Fanfarenstöße zu schmettern. Pauken und Trompeten donnerten eine Art Händelscher Feuerwerksmusik in die Regenlandschaft, als müßte sich in wenigen Sekunden aus den Wolken über der Ebene ein Festzug des französischen Sonnenkönigs herausschälen. So viel war klar: Ich war Voyeur geworden bei eigenartigen Ereignissen vor Wolfenbüttel.

«Ha!» hörte ich den Mann wie elektrisiert in den Dauerwolkenbruch rufen. Das Schmettern aus dem Radio oder Recorder ging über in irgend so einen alten Menuettanz. Zu diesen Tönen wurde ungefähr Folgendes in die vermeintliche Einsamkeit ausgerufen: «O», hörte ich, «o du Lilie Niedersachsens! Ja, du wärst der Held, die Landzerstörer auszubuddeln, noch die Knochen von Kriegstreibern, Feinden der freien Selbstentfaltung und Volksverdummer in deinen größten Salutmörser zu stopfen und ins ewige Packeis abzufeuern, auf daß Buße sei für Haß und Häßlichkeit!»

Romeyn de Hooghe,
Ansicht von Salzdahlum, Gartenseite
um 1700

Mir blieb die Luft weg, Charles: Dieser in den Abend rufende Alte hat weiß Gott in den folgenden Stunden nicht nur meine Sprachkenntnisse aufs äußerste angespannt; von meinen sonstigen Wissenschaften gar nicht zu reden – ein Wechselbad.

Heute früh habe ich, als ich noch schlief, zum Nachschlagen die uralten Bücher vors Sofa gelegt bekommen. Auf dem Tisch standen Tasse, Imbiß und Kaffee in einer Thermoskanne.

Nach der Anrufung einer Lilie und dem Zornesausbruch wurden auf dem Rastplatz wieder Verse ins Abenddunkel deklamiert, Verse, die 1694 fein gedruckt, jetzt vor mir auf dem Boden liegen. Lies, was ich hörte:

Was je das alte Rom in seinem Schooß geheget /
was heut Italien durch seine kunst erreicht /
Was Franckreich von dem raub der welt zusammenträget /
zum puz der grossen Stadt /
so einer welt sich gleicht /
Was die verwunderung in uns zu machen pfleget /
wan Hollands niedlichkeit uns in die augen leucht' /
das find an diesem Ohrt zusammen sich geleget /
Wo Rom / Pariß / und Haag in eim begriff sich zeigt.

Wieder völlig still und reglos wurde der Mann, der seine verschrobenen Sprüche mit den Armen schier nachgemalt hatte.

Ich schaute mich um. Rom? Paris? Und auch noch Holland? Schon beinahe kahle Baumriesen gab es um mich herum. Unter mir viele Wiesen mit Kühen darauf.

Ich muß das Wort ‹strange› nicht nur gedacht, sondern obendrein laut gesagt haben. Denn ehe ich mich nun doch lieber zum Auto davonstehlen konnte, hatte der Kopf unter breiter Krempe sich mir zugewandt, schnellte wie schockiert zurück und drehte sich dann trotzdem wieder langsam in meine Richtung.

Ich nahm meine Courage zusammen, und quer über den Rastplatz rief ich «Alte Gedichte?», womit ich den älteren Herrn von der Peinlichkeit erlösen wollte, von mir belauscht worden zu sein. Unter der Pelerine wurde der Hoftanz abgestellt. Völlig im ungewissen darüber, was jetzt kommen mochte, hielt ich meinen Autoschlüssel für einen Schnellstart parat.

Der Mann aber machte mit beiden Händen eine Geste, als sollte alles Leugnen ein Ende haben.

«Verse von Christian Bressand», kam es fast tänzerisch, falls eine Stimme tänzerisch genannt werden kann, über die fünfzehn Meter Distanz. «Ein Reimeschmied, gewiß. Doch der einzige Pegasus, der in dieser Region greifbar war. Die holprigen Verse sind besser, als ohne Verse dazustehen.»

Durch die Dämmerung rief ich beruhigt hinüber, ich kenne keinen deutschen Dichter dieses Namens, ich sei aus Berkeley, in Kalifornien, und ich hätte nie gedacht, daß ich in meiner Fahrpause Trompeten und Gedichte zu hören bekäme. Ich blickte um mich durch die leere Nässe, als hätte ich mein Überraschtsein noch zu untermauern.

Um ein Gespräch über Obskuritäten nicht auf die stattliche Entfernung führen zu müssen, ging ich zu dem Herrn in der Pelerine hinüber. Schräg unter seiner Krempe hervor schaute er mich mit großen Augen an. Dann lächelte er nach vorn zum Talgrund wie zu einem Dritten – noch konnte ich nicht wissen, zu wem –, rutschte auf seiner Bank ein Stück zur Seite, und eine Geste lud mich ein, mich hinzusetzen.

«Kalifornien? – Auch der Zar hat die Reise hierher keineswegs gescheut.»

Fast wollte mich diese Nivellierung meiner Los-Angeles-Herkunft ärgern, dann verwirrte der Zar, und schließlich fragte ich einfach, nachdem ich saß: «Was meinte der Poet damit, daß sich hier – oder wo? – Italien und Holland zusammenfinden?»

«Und Paris!»

Laut und keß schnippte der Gummistiefel- und Pelerinenträger mit den Fingern der rechten Hand in die Luft.

«*Dafür* sind die Verse, dort unten, für die morastigen Wiesen und Weiden. Schauen Sie hin. Für Anton Ulrichs Salzdahlum.»

Angestrengt begannen meine Augen die grasige Leere abzusuchen. Doch genau dorthin wies der alte Finger neben meinem Gesicht.

«Sie aus den USA können ja schon gar nicht wissen, wo Sie hier eigentlich Platz genommen haben. Doch selbst Menschen aus dieser Gegend wissen kaum davon und müssen folglich meinen, so etwas hätte es da unten nie gegeben.»

Wieder schwieg er.

Ich bin jetzt sicher, Charles, daß er aus den Augenwinkeln prüfte, wie nachlässig oder wie wißbegierig ich das nasse Tal vor uns nach einem Anhaltspunkt durchforschte. Ich sah Rinder-Schemen.

«Kommen Sie. Ich bin zwar den Parnaß heute schon entlanggelaufen, aber Sie sollten ihn doch auch betreten. Wann kommt man schon auf einen Musenberg?»

Etwas Schlitzohriges konnte ich in Sprache und Betonung des Mannes ausmachen, oder eher den Klang von Ironie, den er vor etwas legte, das ihm viel zu bedeuten schien. Darin sollte ich mich nicht täuschen.

«Sie müßten bitte den Kassettenapparat an sich nehmen. Ich brauche für die Balance im Matsch zwei freie Hände und habe nur diese eine Aufnahme mit der Kaiserserenade vom alten Schmelzer. Ha!» kam es wieder, «der freut sich jetzt im Himmel der Musikusse, daß wir seinen Namen nun sogar international noch einmal aufs Tapet gebracht haben.»

Parnaß entlanggehen? Ich stopfte den Recorder unter meine Jacke. Bressand, ein Anton Ulrich, Schmelzer, was noch? – Unland, ein Bruno Walter, Lortzing, da hätte meine ordentliche Standardbildung noch ein Beiwort einflechten können, aber so!

Mir fiel eine Feinheit auf: Der fremde Herr erhob sich erst, nachdem ich durch mein Aufstehen meine Bereitschaft zum Losmarschieren sichtbar gemacht hatte.

«Sogar, und da muß ich gratulieren, als Ausländer haben Sie den Bressand offenbar verstanden?»

Ich nickte vorsichtig.

«Gut so», meinte er nun sehr offenherzig, «da können wir ja zwischen uns die Kinkerlitzchen der Schulbildung getrost schweigen lassen!»

Mir sehr wagemutig vorkommend, stieg ich dem Mann hinterdrein, der mit unübersehbarer Geländekenntnis, nur manchmal wankend, behutsam vor mir den Hügelabhang hinunterstapfte. Der Pelerinenkragen schlappte ihm über die Schultern, und ich sah das violette Taftfutter schimmern. Auf einem Serpentinenpfad ging es an niedrigem Gebüsch vorbei, über Fußangelwurzeln in die Tiefe.

Doch Amerika meint auch Mut und Tat.

«Ich berichte ihnen von Salzthal», rief er über seine Schulter, während ich auf dem glitschigen Abhang nach Halt suchend ins Gestrüpp packte. Nun konnte ich im Dunkel hinter mir von meinem Opel nicht einmal mehr das Dach sehen.

Wir langten unten auf dem Wiesengrund an. Nachdem wir noch um einiges – ich allerdings immer zögerlicher – durchs hohe Gras gewatet waren, bekam ich gesagt: «Da ist ein Lindenstumpf, wo Sie Platz nehmen können. Sie sitzen da mitten im Asiatischen.»

Mit Stirnrunzeln erkannte ich einen dunklen Baumrest, etwa zehn Meter weiter einen nächsten, in doppelter Entfernung einen weiteren – eine ganze Linie von Baumstümpfen.

«Genau hier ragte die Pagode übers Land, die erste, die Europa sah. Anton Ulrich war auch so ein Chinomane. Was war dieser Mann nicht, wenn es ums Schmücken ging.»

Mein Blick folgte der sich verlierenden Reihe von Lindenresten. Ich erkannte, daß es zu jedem Stumpf ein Gegenüber gab – eine abgehackte Allee im Matsch? Ich setzte mich aufs feuchte Holz. Der alte Herr blieb stehen.

«Leibniz – den Namen kennen Sie gewiß – hatte Herzog Anton Ulrich auf fernöstliche Gedankenreiche und auf Konfuzius gebracht, und bald war hier die chinesische Pagode eingeweiht, mit güldenen Glöckchen am Turm, Wasserspeiern mit Drachenmäulern und drinnen mit einem in Amsterdam gekauften Inder – so pedantisch war man da nicht – der die neue Getränkesensation, den Tee, kredenzte.»

«Hier, also wo ich sitze? Hier auf der Weide?» Ich war ratlos. «Bitte, vielleicht mehr der Reihe nach. Hier ist kein Teehaus.»

«Links von Ihnen», wurde ich korrigiert. Der Mann ließ sich auf dem dicken Stumpf neben mir nieder. Ich schob meinen Schirm über seinen vielleicht nicht sehr dichten Kopf und vergegenwärtigte mir in Windeseile, daß ich tief unter einer Landstraße, 9000 Meilen von der Heimat, mit einer eigentümlichen Persönlichkeit an einer weggesägten Straße saß. Er meinte überdies: neben einer Pagode. So gesehen, Charles: Meine Tour durchs Land war bis dahin schaler ausgefallen.

Nicht kühl, aber für einen Moment ohne jegliche Einfärbung der Stimme sprach er unter der rechten Hälfte meines Schirms weiter: «Hier, junger Mann, stand für einhundertundneunzehn Winter und Sommer einer der absonderlichsten Bauten des Weltgeschehens. Das Lust-Palais des Herzogs

Anton Ulrich von Braunschweig und Wolfenbüttel. Es ist eine deutsche Tragikomödie, die diese Talsohle zu bieten hat, und Sie werden nicht später, noch woanders je davon zu hören bekommen.»

«Also dann jetzt und hier», verlangte ich ebenso ernst. Ich spähte nach Trümmern, nach Sockelresten, die aus dem Morast aufragen mochten. Doch es war nichts da, Charles, wirklich: nichts.

Neben mir begann der fremde Mann – Bibliothekar in der berühmten Bibliothek von Wolfenbüttel, wie ich jetzt weiß – mir das Bild seines Abgotts zu malen.

«Der Herzog Anton Ulrich, der genau hier eine chinesische Pagode und ein belächeltes Labyrinth erbauen ließ, wurde vor drei Jahrhunderten in die verheerendsten Kriegszeiten geboren. Als Mütter zwischen Glaubensfanatismus, Gemetzeln und Seuchen ihren ausgehungerten Kindern Suppen von Leichenfleisch vorsetzen mußten. Dieser 1633 geborene Herzog, ich sage es gerne, wurde ein Größenwahnsinniger.

Was in seinem 81 Jahre währenden Leben aber nicht für einen einzigen Augenblick zu den sphärischsten Absichten, die er hatte, passen wollte, das war der Umstand, daß Fortuna ihn nicht zum Herrn einer reichen, großen Macht erwählt hatte, sondern nur zum Mitregenten seines Bruders über zwei vergilbte Städte, ein paar trübe Nester im Norddeutschen, über wenige ranzige Untertanen und Staatskassen, die stets leer in die Gewölbe gähnten. Gab es für diesen vielfach bedrängten Weltbereicherer Anton Ulrich zeit seines Lebens ein handfestes

Grunddilemma, dann hieß es: ‹Wie mache ich aus einem unabänderlichen Nichts ein blühendes Etwas›, oder wie es dieser besondere Fürst in einer schweren Stunde einmal selbst zusammenfaßte: ‹Da uns das wasser so nahe an die kehle gehet, muss man sich retten, wie man kan.›»

Hier, Charles, unterbrach ich das Erzählte noch vorschnell mit «Aha!». Es schien mir ja auf etwas düster Faustisches, elend Erstickendes zuzusteuern – aber statt mir auf alle Zeit von der Menschen Verzweiflung zu künden, sollte es mich während der nächsten Stunden zum Pagodensympathisanten, zum Miteigner an Goldglöckchen im Regenwind machen.

«Herzog Anton Ulrich, von dem ich berichte, hätte für seinen Staat die erste Volkskrankenkasse erfinden können, um vor der Welt gut zu sein, oder er hätte sich besser auf sein für Deutschland beispielloses Kriegsunternehmen vorbereiten können. Aber es trieb den schaffensdurstigen Charakter dieses Herzogs zu viel Ärgerem: Anton Ulrich wollte Apoll, wollte der Wiederbringer der Künste und Köstlichkeiten werden. Stellen Sie sich vor», versuchte es dieser Bewohner von Westdeutschland mir näherzubringen, «der Bürgermeister unserer Bundeshauptstadt am Rhein starte zu dem Höhenflug, mit seinem Bonn keinen Tag länger hinter New York, London, Tokio rangieren zu wollen. Genau so war es bei Anton Ulrich von Wolfenbüttel mit den Metropolen Venedig, Amsterdam, Paris. Und: Er machte sich ans auszehrende Werk, die Gewichte der Welt umzuverteilen. Niemals wäre ihm, sein Lebtag lang, abzuringen gewesen, daß der Pulsschlag hier matter sein mußte, als dort, wo die Hebel der Welt waren. Florenz und Wolfenbüttel sollten Freunde des Lebens in einem Atemzug nennen können.

Sie aus Berkeley fassen das Kraftfeld Ihres Landes mit dem Namenpaar San Francisco–New York. Bei uns reicht's gerade noch – man muß dafür leider oft sogar dankbar sein – zu einem Flensburg–Passau oder, nun ja, Düren bis Cottbus. Aber welch würgende Voraussetzungen für Herzog Anton Ulrich! Seine Grenze schien gesteckt – die Namen müssen Sie sich nun nicht merken – von Twieflingen bis Groß-Twülpstedt, von Wickensen bis Glesse. Und trotzdem! Er, der seinen Namen in kluger Voraussicht nicht auf die Initialen AU verkürzt sehen wollte, wurde eine Blütenstaude, die es schaffte, tausendmal zu blühen … jedenfalls irgendwie!»

Rasch schaute ich, ob ich dem Kenner eines offenbar völlig verschütteten Wunders genug vom Schirm abgegeben hatte. Wo war nur das besagte Lustschloß abgeblieben? Coventrysiert, eine späte Royal-Airforce-Aktion vom April 1945? War, wo wir saßen, ein Airport in Planung? Die Schnittfläche der Linde zeigte allerdings eine uralte Fäulnis-Patina, hier war nicht erst gestern abgeholzt worden.

«Daß wir hier sitzen – und Sie werden erfahren, daß Regenschauer hier ihre größte Berechtigung haben –, daß Zar Peter der Große, viele bedeutende Damen einstmals diese Allee entlangspazierten, daß ich Ihnen von einem berühmten Liebespaar – zwei Erbprinzen – erzählen kann, die hinter diesen Linden Eigenartiges taten, das alles ist auf eine klar benennbare

Ursache zurückzuführen, und die heißt: ‹Dannenbergische Heldenbeut›, Ballett mit Gesang, aufgeführt zur Feier des Friedens von 1648. Prinz Anton Ulrich war damals 15 Jahre alt. Es widerfuhr ihm bei diesem Ballett, verfaßt von seinem Erzieher, dem Herrn von Birken, vergöttlicht zu werden, ein damals in besseren Kreisen nicht unübliches Verfahren, wenigstens auf der Bühne die Enge des Sterblichen hinter sich zu lassen. Gewiß mit Entzücken, mit Grazie schritt Jung Anton Ulrich seinen Part als Olympischer Löwe – eine dezente Anspielung auf seinen Urahn Heinrich den Löwen – und er wurde, entsprechend der folgenschweren Birkenschen Regie, von Figuren umtanzt und besungen, die da hießen Tügemut, Gütegrund, Friedburg, Singhold und Schaflied – letzterer eindeutig ein eingedeutschter Pan. Was sie zur Laute tirilierten, traf auf einen Hellhörigen, wurde unversehens Lebensprogramm des Besungenen:

Dein begrünt-bekröntes Haupt werde nass von diesen Güssen /
hiemit soll in deinen Sinn theures Künstewasser fliessen /
Künstelust und Tugendsachen werden dich recht Huldreich machen /
Du beliebst der Hirten Lust, und der Schäfer slechtes Singen /
drüm sie billich Blumen dir durch den Schäferprintzen bringen /
drüm laß auch im Lebenswerck erhelln, daß du heissest Blumenhold.»

Charles, nenn mir eine grauere Wortperle als diese, und den Sinn von «drüm» identifiziere ich erst jetzt beim Abschreiben aus Buch Nummer drei.

«Das ist ja wie …» rief ich, aber der Bibliothekar meinte

sofort: «Das ist nicht wie etwas anderes. Das ist nur wie Sigmund von Birken 1647 in Dannenberg, das ist der verbale Auftakt für das gewaltige Lust-Areal, an dessen Westrand wir sitzen.»

«Aber das alles ist wirklich ziemlich weg!»

Der Mann zuckte unter seiner Pelerine die Achseln und schaute wie ich über das vom Wind gebogene Gras, zu den Kühen, die schwarz und reglos dastanden.

«Sie werden jenem ‹Künstewasser› noch in verheerender Reinform begegnen», setzte er nach einem offensichtlich melancholischen Moment wieder an. «Anton Ulrich, der als Zweitgeborener nicht einmal die Aussicht hegen durfte, jemals über einen Stehplatz neben dem hiesigen Thrönchen hinauszugelangen, begann nach diesem Ballett – von dessen Orginalität sich der spätere Schloß-Erbauer nie ganz erholen sollte – seinen Kraftakt. Nur, mehr als sechs Jahrzehnte sollten vergehen, bis man von Petersburg bis Versailles voll Mitgefühl und mit viel Hochachtung von ‹unserm gutten Hertzog› sprechen und gleich wissen würde, daß damit einzig und allein unser Anton Ulrich gemeint sein könne.

Zwanzigjährig gelang es ihm, seinem armen Papa, Herzog August dem Jüngeren, der seinem Lebensmotto *Alles mit Bedacht* folgte, das viele Geld für eine Kavalierstour abzuzwacken. Die Welt mußte erkundet werden, Kunst mußte her, am besten sofort, am besten en masse, und die große Fahrt sollte Anton Ulrichs erster Coup werden für die Kunstkammern der atemverschlagenden Sensation Salzdahlum!»

Euphorisch – mir war's noch ein Rätsel, warum – war der Mann aufgesprungen und wies anscheinend in die Richtungen ferner Länder.

«Die vom Vater bewilligte Reiseroute war fatal. Nicht bis Italien durfte der Zweitgeborene, nur bis Fritzlar, bis Durlach – schon damals nicht der Nabel der Welt. Nicht ins kaiserliche Wien, nur nach Göttingen. Und der kläglichen Reisegesellschaft in Sachen Utopia wurden ernsteste Anweisungen hinterhergeschickt. ‹Unser Sohnn soll mit seinem Hoffmeister schied- und friedlych leben. Und soll nichts vornehmen, sowoll in reisen als stille liegen› – das meint: bei Aufenthalten – ‹ohn seines Hoffmeisters vorwissen und einrahten ...› Eine vergebliche Mahnung.»

Während ich noch ungläubig der Erkenntnis nachhing, daß dieser wildfremde Mann zeitlose Vaterworte, die 300 Jahre zurücklagen, wörtlich im Kopf hatte, und während ich mich ganz dunkel erinnerte, in irgendeiner Vorlesung den Namen eines eher sagenhaften Barockdichters gehört zu haben, Anton Ulrich von Wolfenbüttel, berichtete vor und über mir der Herr:

«Prinz Anton Ulrich durfte schließlich nach Straßburg. Sofort warf er sich dort aufs Münzenkaufen und auf Gemmen-Erwerb. Mittelmäßige Preziosen, erstanden für eine schon heimlich entworfene, umwerfende Kunstkammer. Er drängte und quengelte – wie bei ihm nicht anders denkbar –, und genehmigt wurde: Paris. ‹Gott sey dux› lautete der letzte Gruß aus der klammen Heimat.

Was machte der 20jährige Heide-Jupiter an der Seine, wo ein

viel Mächtigerer auch gerade kundgetan hatte, er sei die Sonne? Erstens ließ sich der Wolfenbütteler im Louvre einführen mit der herzhaften Feststellung, Welfenblut sei ehrwürdiger als das der neuen Bourbonen; zweitens lief er dauernd zur Liebesromanautorin Fräulein von Scudéry, um ihr Dichtkunst abzulauschen; und drittens vertat er – jeder Besucher des Braunschweiger Anton-Ulrich-Museums dankt ihm heute auf Knien – seine paar deutschen Taler Zehrgeld so geschwind beim Gemälde-Ersteigern, daß er heim ins väterliche Liliput jammerte», und der Bibliothekar wurde zum Schauspieler, der kurz und wie bettelnd einen Weidenbaum anvisierte: «‹Es gehet mir ietzt gar zu elend, da ich etliche Wochen ohne gelt hie leben müßen, und noch von einem neuen wexel weder höre noch sehe. Wo ich nicht bald hülfe bekomme, weis ich mich für schimpf nit länger zu retten. Ich mag den Herrn Vatter eygentlich nit betrüben.›»

Der Mann wandte sich wieder mir zu, trat näher an mich heran. Ich fürchtete mich, Charles, fürchtete mich plötzlich davor, ein Bildnis dieses Anton Ulrich zu Gesicht zu bekommen. Eine Gänsehaut überlief mich – von der dunklen Naßkälte kam sie nicht –, daß es so etwas geben mochte, ein verwunschenes Terrain, wo die Wiedergänger warteten. Ich klammerte mich an den Kassettenrecorder unter meiner Jacke, ein wenig wie an die normale Gegenwart.

«In Paris sieht Anton Ulrich das Palais du Luxembourg. Vierzig Jahre lang behält er en détail jedes Fenstergesims, jeden Torbogen der großen Architektur im Kopf. Vierzig Jahre später wird er auch die Villen Palladios, die Landsitze reicher Niederländer inhaliert haben, und sein Salzdahlum hier wird die wildeste Mixtur aus allem werden. Gerade auf diesen Quadratmeilen wird gebaut werden, wo Sumpf alle Entfaltung verhindern will. Ich zeige es Ihnen – den Tempel der Sibyllen, die Nonnen-Orangerie, die Palastkapelle, wo Anton Ulrich Gott anklagen wird: ‹Du, der Du nicht bist, warum hast Du mir zu erkennen gegeben, was das Große und das Schöne ist, und läßt mich an Mittellosigkeit krepieren, Du Teufel, ich kenne Dich!›»

Noch während dieses Fluches zeigte die Hand des Mannes auf weit auseinanderliegende Punkte im Nichts. Tempel der Sibyllen dort? Kapelle? Eine Orangerie mit Nonnen? Hatte ich mich verhört?

Nicht stark genug wollten mich die Scheinwerfer von zwei Autos, die fern und hoch oben über die Landstraße fuhren, an Jahr und Tag erinnern.

«Bevor zu unseren Füßen, ja, unter unseren Sohlen die barocke Titanic in Bau gehen konnte, und dann zur Hölle, begann der aus Paris heimgekehrte Prinz die 3000-Seelen-Stadt Wolfenbüttel ins Arkadische zu zwingen. Eine Oper sollte sein. Seinem nunmehr dumpf deutsch dahinregierenden Bruder Rudolf, einem Typus mit Millionen von Doppelgängern hierzulande, kann Anton Ulrich nur die Summe für einen Fachwerkbau abhandeln. Vielleicht, weil er tatsächlich Künstler ist, vielleicht, weil er keinen Genialeren seiner Zeit an Land ziehen kann, fabriziert Anton Ulrich seine Opern höchstselbst.

Schloß Salzdahlum. Inneres der Orangerie.
Stich von Peter Schenk dem Jüngeren,
nach J. J. Müller, um 1710

Zwölf ambitionierte Sechs-Stunden-Spektakel, zu denen ihm ein Herr Löwe die Musik setzt, von der beide ahnen müssen: Die wird die Welt nicht erobern. Zur festlichen Aufführung kommen die Self-Made-Produkte ‹Amelinde, Oder dy triumphierende Seele›, die Darbietung ‹Ein königliches Fräulein aus Aethiopien› und dann gar ‹Die verstörte Irmenseul, Oder Das Bekehrte Sachsenland›.»

«Also lieber miesen Sound als zu bekennen, eine Oper haben wir nicht», variierte ich, von so viel Vortrags-Verve mitgerissen, das Aperçu von vorhin über die Reime des Poeten Bressand. In jenem winzigen Wolfenbüttel, das ich noch nicht gesehen hatte – Touristen-Fotos hätte ich da knipsen sollen! – mußte damals auf Befehl von oben, lieber Charles, ein wahres Hollywood in Gang gesetzt worden sein.

«Staats-Ballette, in denen jeder mitschreiten mußte, der ein Amtspöstchen hatte und seine Zugluft-Knochen noch rhythmisch rühren konnte, wurden Anton Ulrichs frühe Spezialität bei der Total-Arkadisierung des Harzvorlands. Möglich, daß der Name seines erfindungsreichen Obertanzmeisters in allen Lexika ganz zu Recht übergangen wird; in meinem Leben hat er aber immer als Erfinder nächtlicher Fackeltänze einen Ehrenplatz eingenommen, der unbekannt geborene, unbekannt gestorbene Ulric Roboam de la Marche.

Die Karnevalsaison 1661 – schon das ein Unterfangen im Protestantenland – brachte Roboamsche Gavotten, zu deren Thema der Harz bestimmt war. 1661 ist dieses finstere Mittelgebirge, durch welches heute finstere Rentner stiefeln, mit herzoglichen Grazien bestückt worden, nämlich», und der Herr in Pelerine hielt mir aus irgendeinem Grund seine Hand hin, «in der ‹Masquerade der Hercinie, Oder Lustiger Aufzug des Hartzwald›.»

Die Hand war mir zum Aufstehen entgegengestreckt. Den Schirm gar nicht mehr richtig über meinem Kopf, sah ich links und rechts die Stümpfe der Lindenallee bis schier ins Unendliche des Abends. Ich sollte, hörte ich, etwas «drücken», Charles, und ich drückte unter meiner Jacke aufs Geratewohl die richtige Recorder-Taste. Zur falschen, doch zeitgenössischen Musik geschah's. Meine emporgehobene Hand auf der emporgehobenen Hand eines sechzigjährigen Wolfenbüttelers, ging es in einer Art hüpfendem Vorwärts-Menuett die verstorbene Allee hinunter. Ich, aufgewachsen mit Jazz und Chorus Line, war unversehens kongenial – Ausfallschritt nach links, wie auf hohen Absätzen drei Schrittchen nach vorn, elegante Verbeugung auf Fingerdruck. «Sie haben's im Blut!» rief der Bibliothekar. Ich dankte, griff wieder fest nach Schirm und Recorder, und bei einem nichtabgesprochenen Ausfallschritt nach rechts, mit echt barockem Ausstrecken der Fußspitze, vernahm ich plötzlich das Köhler-Lied aus Herzog Anton Ulrichs Harz-Festival. – Charles, es geht nicht länger an, daß Du da in Berkeley meinst, die hohe Kunst des Absurden sei aus diesem Jahrhundert. Hier liegt vor mir aufgeschlagen der Gegenbeweis:

Schwartz und Rauchricht im Gesichte /
Schwartz und Rauchricht ist der Leib /
Schwartz und Rauchricht auch mein Weib /
Schwartz von aussen, schwartz von innen /
Rauchricht sind ihr alle Sinnen /
Schwartz und Rauchricht wird sie bleiben /
Auch im hellen Tag bey Lichte /
Unter dieser hohen Fichte.

Der Bibliothekar ließ sich auf den nächstbesten Lindenrest sinken. «So, nun sind wir ein gutes Stück näher am Schloß», versicherte er mir. Als wäre es nicht weiter nennenswert, daß ich soeben das erste Menuett meines Lebens absolviert hatte, ging es nahtlos weiter: «Hatten die Steuerpächter für die Kastratengagen schon einmal öfter bei den Untertanen einen Schröpfbesuch abstatten müssen, so mußte eine neue Bierbesteuerung ausgetüftelt werden, weil Anton Ulrich den Ruhm der Oper in Hamburg nicht länger widerspruchslos ertragen konnte. Halb so groß wie die Met in New York wird die Oper, die er in Braunschweig den Ratsherren vor die schnapsroten, dann bleich werdenden Nasen pflanzt: 1200 Parkett- und Logenplätze. Sang und Schall für alle. Noch ist Anton Ulrich davon verschont, daß vor den Toren von Paris der Palast der Paläste, daß Versailles fertiggestellt wird und sich Frankreich als mondiales Kunstimperium feiert! Noch kann Anton Ulrich die häuslichen Machtverhältnisse umorganisieren! Der jüngste Bruder, Ferdinand Albrecht, ist, nehmen Sie's umfassend: ein maulender Bremsklotz. Anton Ulrich leitet Manöver ein, nach denen sich Ferdinand Albrecht eines Tages am äußersten Westzipfel des Herzogtums als Amtsverweser von Bevern wiederfindet. Seine Hinterlassenschaft an die Nachwelt beschränkt sich denn auch auf seinen Spitznamen: Prinz von Zittern und Bebern.

Der ältere Bruder Rudolf scheint das größere Hindernis beim Durchdrücken von Anton Ulrichs Imperium Wolfenbüttelium zu sein, denn der Biedermann, wie es so ist, regiert.

Doch Rudolf erledigte sich selbst. Unverrückbar vergaffte er sich in die drallen Backen einer Bürgerstochter und machte sich durch den Ehevertrag mit ihr – in unseren Hoflisten von nun an als Madame Rudolfine geführt – selbst indiskutabel. Rudolf und seine Madame Rudolfine brachen fünfmal die Woche zur Schweinehatz auf, hatten noch in der Oper Hasenköttel in der Perücke und zogen sich schließlich zum Fressen und Saufen ganz auf ein Waldgut zurück. Das mag nun eine andere Façon von Glück gewesen sein. Rudolf jedenfalls ließ den umtriebigen Bruder die Mitregentschaft antreten. Anton Ulrich hatte es, sozusagen, geschafft.

Probleme bei der Zweierherrschaft gab es nun höchstens noch fürs Volk, wenn nämlich Regent Rudolf August dies, Regent Anton Ulrich jenes befahl. Doch allzu viel wurde, der Dokumentenlage nach, ohnehin nicht regiert.

Beredtes Zeugnis von Anton Ulrichs Aktivitäten in der Alltagspolitik legt ein Brief ab, den er seinem Bruder im Jahre 1686 aufs Freßgut schickte: ‹Unser cantzler ist wieder bei mir gewesen. Ich habe aber nichtes mit ihm gesprochen, weiln ich befinde, dass ich es ohne grosse emotion nicht thun kan. Und die würde in Staatsaffären mehr schaden, alß nützen.› – Nun, ungegängelt gedeiht das Volk oft am besten.

Die monumentalen Anläufe Wolfenbüttels zum Sprung in die Weltpolitik – es wird von jenem unseligen Mörser-Ankauf zu sprechen sein – sollten erst Anton Ulrichs Spätwerk werden, stimuliert vom unverwechselbaren Flair des Salzdahlum-Palastes. Und mit dem wäre es beinahe gut gegangen.»

«Beinahe!» rief ich munter und sah im Dunkel das durchsichtigste Bauwerk, das denkbar war. Kalter Regen fiel mitten durch seine Mauern und Dächer.

«Mittlerweile war, nicht wegdebattierbar, Versailles aus dem Boden gewachsen und degradierte jede inländische Mühe um stolzen Erdenglanz zum Furz. Schlafstörungen, Albdrücke, Appetitlosigkeit begannen unsern wolfenbüttelschen Hof heimzusuchen. Man schaute sich, angesteckt vom Souverän, in den schiefen Gewölben des alten Residenzschlosses um und empfand ob des Unmodernen Verzweiflung. Anton Ulrich war Mitte vierzig. Das Problem, als ruinierter Kleinfürst den Sonnenkönig in den Ring zu rufen – denken Sie an das vorhin von mir erwähnte Gefälle New York–Bonn – mußte mit einem mehrfachen Nasenrümpfen bewältigt werden. Es hieß: die Knie durchgedrückt, von nun an für die Muse der Baukunst. 1677 wird das Projekt Salzdahlum angegangen, bereits elf Jahre später kann der erste Handwerker auf der Baustelle im Sumpf eintreffen. Bei einem Jahreseinkommen von 10 000 Talern wird ein Ding gebaut, dessen Materialkosten allein sich auf 100 000 belaufen. Anton Ulrichs sogenannte ‹Ämter›, also die Besitztümer von Schöningen, von Jerxheim, sein privates ‹Apanagegut› Calvörde gehen im Handstreich in Hypotheken unter. Die Mitgift von Anton Ulrichs gleichgesinnter Gemahlin versickert in den ersten Drainage-Arbeiten, zu denen dann die Kavallerie eingesetzt wird – die kostet nichts. Von Anton Ulrichs Walten künden 1714, als er hier die Augen schließt, 941 034 Taler, 26 Groschen und 5 Pfennige Schulden und in seinem Testament der zuversichtliche Satz für seinen Sohn: ‹So laß doch darüber, wann dir der Etat gezeigt wird, keinen Unmuht spüren, vielweniger von schmähsüchtigen Leuten dir dessetwegen etwas vorbringen, wodurch mein Andencken verunglimpft werden könte. Vertraue hingegen nur Gott, der wird dir schon Mittel genug an die Hand geben, solcherley zu tilgen.›»

Der Bibliothekar stand auf, hob beide Arme, daß wieder das Futter seiner Pelerine im Dämmerlicht schillerte, und er wies mit beiden Händen weit über die Hügel.

«Der 2. Juni 1688. An der Spitze der Hofequipagen rollt die Kalesche von Serenissimus Anton Ulrich dem Dörfchen Salzdahl entgegen. Dort, wo vor den Dorfbewohnern seit einer Woche Baldachine mit dem Wimpel der Welfen aufgestellt, wo die Kübel mit Lorbeerbäumen aus dem Pomeranzenhaus in Wolfenbüttel aufgereiht worden sind, wo bis eben noch die Musiker des Herrn Hofcapellmeisters Löwe den Einzugsmarsch aus ‹Amelinde› geprobt und die Bediensteten des

Hofmarschalls an die Spalier stehenden Bauernkinder bunte Seidenbänder und Füllhörner mit herausquellenden Pappmaché-Früchten verteilt haben, hält der festliche Zug. Seine Altezza – eine Büste mit seinen schweren Gesichtszügen können Sie in Braunschweig finden – entsteigt der Karosse. Sechs Cherubime mit Ölzweigen schreiten heran und geleiten zu Amelinde-Musik Anton Ulrich unter jenen Baldachin, wo Kanzler Probst von Wendhausen, Cammerpräsident Imhoff, Herr Hering, Kommandant von Braunschweig, und insbesondere Landbaumeister Lauterbach in der Tracht römischer Senatoren den Apoll erwarten.

Auf einem Purpurkissen bietet der Großsiegelbewahrer dem Herzog ein silbernes Schäufelchen dar, der Herzog nickt, der Adjudant nimmt das Schäufelchen vom Kissen, reicht es dem Landbaumeister. Lauterbach sticht in die nasse Erde von Salzdahl. Von fern beginnt der herbeigefahrene Salutmörser 31 Schüsse abzufeuern, von denen nur der zwölfte, wie das Dokument sagt, fehlgeht und das Entenhaus vom Dorfteich in Stücke haut. Der erste Spatenstich zu Salzdahlum ist getan. Anton Ulrich überreicht den Würdenträgern die Gedenkmünze mit der Aufschrift ‹Semper Idem›.

Alle Finger mit Ringen bestückt, in der behandschuhten Hand nervös das Schnupftuch, läßt sich Anton Ulrich täglich auf den Bauplatz fahren. Sind nach einem Jahr endlich die Entwässerungsgräben ausgehoben? Ist der Baukran endlich einsatzfähig? Liegen im Zelt des stark geforderten Landbaumeisters endlich die Risse für das unerhörte Treppenhaus?

Mehr Geld muß fließen. Der dichtende Herzog, zwölftausend Romanseiten füllte er, pumpt seine Lüneburger Buchverleger an. Kühn schmettert er ihre Bitten um Rückzahlung ab: ‹Wan ich bei den mitteln were, solte es anstatt der buchstaben in bahr gezahlet werden. Nun aber müssen sie sich, bis ich wieder reicher werde, gedulden.›»

«Klare Worte.»

»Dafür war er manchmal berühmt. – Und plötzlich muß es mit dem Riesenbau sehr rasch gehen. Denn nun ist am Horizont die neue Hauptsorge Wolfenbüttels aufgetaucht. Die bösartige Welfenverwandtschaft nebenan in Hannover hat die ältere Wolfenbütteler Linie aus dem Rennen um die neunte Kurwürde geworfen. Und die Sippschaft ruht nicht, sondern setzt ihren Paradebau Herrenhausen in die Welt.

Salzdahlum muß diese Kur-Bude wegstechen. ‹Wer hat die meisten Putten auf dem Dach›, heißt die Parole dieses beispiellosen Vormachtkampfs in Norddeutschland.»

«Anton Ulrich!» rief ich und bildete mir ein, eine Horde von blütenstreuenden Barockputten über die Wiesen hüpfen und springen zu sehen.

«Beinahe», bekam ich einmal mehr zu hören im Zusammenhang mit Anton Ulrich dem Bezwinger. Aber was sollte hier noch ernüchtern?

«Was den Herzog auf seinen Inspektionsfahrten durch die erschreckend öde Gegend beruhigt, ist seine Schlauheit, unter die Bauarbeiter der widerlich ehrgeizigen Hannoveraner Bau-Spione geschleust zu haben. Da wird an der Leine kein Stiefmütterchen gepflanzt werden, ohne daß man mit einer Rosenrabatte darauf antworten kann. Wenn die drüben mit ihren fetten Steuereinkommen doch nur ein kleines Mißerntchen hätten, hie und da die Blattern in der schamlosen Kurfürstenzucht! Das Wolfenbütteler Glücksrad ächzt. Für die Hilfe gegen die Türken bekommt Vetter Georg Ludwig vom Kaiser 500 000 Reichstaler auf den Tisch gezahlt. Anton Ulrich gerät vor Wut in ein Bündnis mit dem Reichsfeind Frankreich, aber die Summe, die er dafür kassiert, hat am Ende zwei entscheidende Nullen weniger: 5000 – genug für Tulpenzwiebeln.

Sie dürfen die Belebung, dank heftiger Investitionen, von Handel, Gewerbe und Geschmack nicht vergessen.»

«Gut.»

«Wo wird es attraktiver? Es bahnte sich ein kulturhistorisch künstlerisches Patt an: Der ausgedehntere Lustgarten in Hannover. Als Wohnsitz aber quasi nur eine Art Datscha. Hier die bemessene Senke, dort das weitaus spektakulärere Schloß.

Je weiter die Ausschachtungsarbeiten in Salzthal gedeihen, mit desto gefährlicheren Kunst-Einfällen macht Anton Ulrich seinem Landbaumeister das Leben schwer. Das größte Treppenhaus Mitteleuropas reicht nicht, um das Ruhmesglück zu sichern. Es muß eine riesige wasserspeiende Neptun-Grotte mit hinein. Ein Untergeschoß wird zum muschelreichen Höhlensystem, wo Najaden und Tritonen sommers Kühlung sprühen. Die Planung für den Park wird über Nacht um eine Eremitage bereichert, in der Bello, der kränkelnde Lieblingshund von Herzogin Elisabeth Juliane, dereinst seine letzte Ruhe finden soll.

Eine Woche später befiehlt Ihro Gnaden, der Dux Wolfenbütteliensis, daß vor die Gartenfront seines Palastes unbedingt kleine Tempelchen müssen, damit man dort, einmalig im Reich, possierliche Affenfamilien unterbringen kann. Die Entscheidung fällt in puncto Pagode. Sie wird direkt neben das Hundemausoleum gebaut, zumal an Leibniz auch schon geschrieben worden ist: ‹Was den Confutius angehet, so habe ich denselben mit in meinem Roman ‹Octavia› gebracht, da Er die confusionen hilft innen vermehren.›

Anton Ulrich überlegt, ob er katholisch werden soll, um dafür beim Papst oder von den Jesuiten eine Prämie zu kassieren, mit der sich Gobelins kaufen ließen. Er wankt und tut's erst später – zu spät.

Vorher kommt für den Palästeplaner, der als einer der ersten einen geradezu selbstverständlichen Zugang zur Ruinenarchitektur gewinnt, ein ganz anderer Katastrophentag. Anton Ulrich sitzt in seinem Audienzsaal, prüft gerade Gemmen, die ihm ein Agent beim nachbarlichen Fürsten von Grubenhagen gegen einen präparierten Nashornfuß eingetauscht hat, als der Adjudant meldet, Landbaumeister Lauterbach wolle dringlichst vorgelassen werden.

Unruhig läßt Serenissmus der Würde wegen den Chefarchitekten zehn Minuten warten.

Lauterbach kann die schreckliche Wahrheit nicht länger vertuschen. Die Kostenpläne für das zwölf Hektar große Palais sind fertiggestellt. Zitternd legt er sie dem Fürsten vor, der den Kopf abwendet und in eine der Locken seiner Allongeperücke beißt. Das Ende! Finis! Um die Summe aufzubringen, müßte Anton Ulrich drei Viertel seiner männlichen Untertanen an den Kaiser oder an die Franzosen oder gar an beide Kriegsgegner gleichzeitig verkaufen. Der Palast kann nicht gebaut werden.»

«Ach so», sagte ich, endlich die gähnende Leere der Talsenke begreifend, «der Palast ist gar nie gebaut worden.»

«Doch. Ja. Aber – aus Holz. Das ganze riesige Schloß aus Holz, Holz die Fassaden, Holz die Säulen, die Treppen, die Geländer, vom Fundament bis zu den Giebeln aus Holz – die größte Holzungeheuerlichkeit der Welt.»

«Ein Holz-Palast!» rief ich. Ab sofort war auf die Frage «Wer ist der größte Dekadenzler aller Zeiten?» stracks zu antworten: «Der Herzog von Wolfenbüttel!» – Warum aber, Charles, fiel mir jetzt auch gleich, völlig unrepublikanisch, der Vers von Shakespeare ein: Here was a Caesar! When comes such another?

In einem toten Herzog und in einem Bibliothekar hatten sich offenbar zwei Wesen gefunden, die einander über alle Jahrhunderte, alle privaten und öffentlichen Kleinkariertheiten hinweg, einfach goldene Bälle zuspielten. Mir schien, als wäre es auf den Wiesen zu Recht unerwünscht, daß man an nasse Wildlederschuhe oder Erkältungsgefahr denke. Mit den Zehen spielte ich im Wasser, das sich in meinen Schuhen angesammelt hatte, als wollte auch ich einmal bekunden: lieber nasse Füße als trocken vorbeigefahren sein.

«Da und dort kam Fachwerk mit Bruchstein zum Einsatz.»

Als der Bibliothekar mich anschaute, weil ich auf meine Schuhspitzen im Gras hinuntersann, sagte ich ihm nicht, daß ich im Moment weit mehr als nur historische Sympathie empfand für einen Charakter, der mit seinem Eigenwillen sogar Gott verblüffen mußte. An ein Klarinetten-Konzert Richard Nixons, an Hängende Gärten Ronald Reagans dachte ich, nicht ahnend, daß es erst richtig losgehen sollte mit dem grandiosen, gänzlich verrotteten Holzkasten und allem Babylonischen, was sich in ihm zutrug.

«Es kommt darauf an, wie man seinen Wahnsinn verkauft, und Anton Ulrich verkaufte den seinen blendend, wie kaum einer neben oder nach ihm. Sein Genie, 24 Stunden am Tag mit allen Finten und Selbsttäuschungen de facto das Goldene Zeitalter zu wollen, aus des Menschen kleinem Lebensflämmchen eine Feuerwerksgarbe zu machen, kam voll zur Entfaltung. Unter größtmöglicher Geheimhaltung des peinlichen Billigmaterials, welches die Maler mit steingrauen Farben und zig Tausenden marmorierenden Pinselstrichen zu kaschieren hatten, wuchs hier Salzdahlum in den Himmel. Kaum ein Maurer, Steinmetz erschien in den Rechnungen des Hofoberrechnungsamtes: Immer nur Tischler, Zimmerleute, Schreiner und Anstreicher, Stukkateure, die Karyatiden an Fichte nagelten und leimten.

‹Hier stritten Natur und Kunst›, erkannte der ingeniöse Leibniz.

Im Frühjahr 1694 wollte Anton Ulrich die Einweihungsfeierlichkeiten nicht länger abwarten. Wolfenbüttels Stafettenreiter

Perspectivische Vorstellung deß Fürstlichen Lust Schlosses und Gartens zu Salzthalen, vor 1700

gingen noch vor der Fertigstellung der Nonnen-Orangerie, der Wirtschaftshöfe und der ersten freistehenden Gemäldegalerie des Abendlands mit den Einladungsschreiben an die Nachbarmächte ab: Nach Celle, nach Köthen, Hannover, wo man jetzt König von England werden wollte, zum Fürstbischof von Osnabrück, ins mannstolle Gottorf-Nordburg, zum Herzog von Plön. Ambassadeure von Großmächten zu bitten war allzu riskant und wurde somit für unnötig erklärt: Sie würden Wolfenbüttel auf ihren Landkarten womöglich nicht genau verzeichnet haben.

Im Mai 1694 ließ Seine Liebden aus seinem Staat anfahren, was auch nur irgendwie seine Hoheit gebührend umkränzen konnte. Und da ratterten sie denn auch einspännig an: die Pröpstin von Quedlinburg, die ledernen Professoren der Landesuniversität Helmstedt, die Ratsherren von Braunschweig mit ihren goldenen Amtsketten und, ohne den Gatten, der niemals auch nur seinen Fuß in den Staatsruinpalast setzen sollte, Madame Rudolfine, von der Jägerei den Abzugsfinger noch ganz wund. Es wogte nur so von festbegieriger Plattdeutschheit die Zufahrtsallee entlang. Ach kommen Sie, da hinten sehen wir besser!»

Wir gingen die lange, abgeholzte Lindenallee hinunter. Dann kam ein Stacheldrahtzaun. Mein Gastgeber wußte, wo das Gatter war. An Milchkühen vorbei ging es auf einer Planke über ein Wiesenrinnsal. Ich zog meinen Fuß abwechslungsweise aus einem Sumpfloch oder einem Kuhfladen. Plötzlich stoppten wir.

«Vor diesem Turmportal, dessen Orginal Sie noch am Palais du Luxembourg bewundern können, trafen sie ein. Unseren imposanten Turm, der wiederum als Fortunaportal vorm Potsdamer Stadtschloß nachgeahmt wurde, zierten schließlich acht Uhren. Schwer genug im Takt zu halten. Wie spät oder früh es in Salzthal war, befand man am besten selbst. Unversehens auch eine Freiheit. Aus Fassadennischen streckten sich Tiber und Weser, Nil und Oker, die Hände zum Bunde entgegen. Wunderbar!» rief der Bibliothekar in die leere Höhe: «Völlig utopisch, müssen Sie zugeben! Die anmutige Weltsymbiose. Die Glücksgöttin und jene des Ruhms, Fama, wurden als Statuen zu Behüterinnen auserkoren.»

«Moment», bat ich, fummelte im Regen an dem Recorder und hatte schließlich die Rücklauf-, dann die Start-Taste gefunden. Nun, Charles, kamen die Äbtissinnen und bösen Vettern aus Hannover und Celle mit ihren Damen und morganatischen Bettgenossinnen sogar zu ihren geliebten Schmelzer-Klängen vor dem heute nicht mehr vorhandenen Turmportal an.

«Es ist müßig, das zu erwähnen, aber am 30. Mai 1694 gießt es in Strömen. Die eisernen Welfenrosse, die der Hausherr als Wetterfahnen auf die Dächer hat setzen lassen, kommen in den Regenböen aus dem Kreiseln gar nicht mehr heraus.

Mit dem Eintreffen der Festgäste muß man Geduld haben. Anton Ulrich hat die Zufahrtsallee so gewunden angelegt, daß Ankommende den hellen Palast zwar dauernd auf sich zukommen sehen, dann aber wieder in die Kurve und davon weg fahren müssen. Das steigerte die Begierde. Hinter uns, im

Ehrenhof, Wolldecken über den Köpfen, harren im Spalier links die Bauern, die in Aztekenkostüme gesteckt worden sind, rechts die à la persane. Zwischen den Säulen des Mitteltraktes – da drüben, wo die Batterien für den Elektrozaun stehen – ersehnen Anton Ulrich und seine Gattin die Ankunft möglichst neidvoller Gäste. Ja, sicher genau wie Sie in den Dunst hinauf blicken, blickte Anton Ulrich an den Holzsäulen und Fassaden hoch, ob die grauen Steinfarben den Regengüssen standhalten würden. Unter großen Parapluies eilten Äbte, Mätressen des Barock, alte Prinzen und Madame Rudolfine aus ihren Wagen und durchs persische Aztekenspalier, riefen Oh!, riefen Ah! beim Anblick der Palastanlage, der Säulengänge, Fensterfluchten und entrichteten den aufgereckten Durchlauchten von Wolfenbüttel den Gruß.»

Eine unsichtbare Geometrie im Kopf, führte mich der Bibliothekar durchs Gras, bis ich mich – ohne Gummistiefel – in einer flachen Mulde wiederfand.

«Sie stehen noch halb draußen, nur hinein ins größte Treppenhaus des 17. Jahrhunderts, das gleichfalls vielerorts kopiert wurde!» Er patschte durchs Wasser und stellte sich etwa fünfzehn Meter vor mir auf in einer Pose, die ich noch bei keinem Menschen gesehen hatte: ein Stiefelbein seitlich weggeknickt, das andere in der Luft, eine Hand in die Hüfte gestemmt, in der anderen meinen Schirm, das Schirmdach nach unten. Er präsentierte mir, jetzt ahnte ich es … und vernahm:

«Die Neptun-Grotte rauscht vor den Eintretenden. Aus Neptuns Dreizack fließt jenes ‹theure Künstewasser›, das fünfzig

Jahre zuvor Herr von Birken – Sie erinnern sich – in der ‹Dannenbergischen Heldenbeut› seinem Zögling Anton Ulrich ‹in den Sinn hatte fließen lassen›. Dieser Wasserfall im Haus ist eine Innenarchitektur-Erfindung, die besonders die schöne Aurora von Königsmarck, Ex-Geliebte Augusts des Starken, hinreißt. ‹Superbe! Magnifique!› preist sie das unheilbringende Geplätscher», rief er mir über die dunkle Mulde zu, schwankte noch einen Moment auf seinem Standbein und kam dann spritzend wieder auf mich zugestiefelt: «An der Decke über uns prangen noch einmal Anton Ulrich und Elisabeth Juliane riesig in Öl – das verblüffte keinen Gast.»

Von der Mulde marschierten wir, offenbar durch einen Verbindungsgang, der einen scharfen Knick nach links machte, fort zu einem anderen Wiesenfleck. «Hier können wir leider nicht hoch», rief mein Schloßführer laut aus, faßte mich dafür aber flink ans Kinn und lenkte so meine Augen präzise auf einen Quadratmeter Regennacht: «Dort hinten haben wir die Schauküche von Elisabeth Juliane. Eine Feuerstelle hat sie nicht, aber wertvolle Delfter Kacheln zum Bewundern. Heimische Hervorbringungen, Flechtarbeiten, ließen sich im Korbkabinett betrachten. Eine singuläre Vorstufe von Heimatmuseum. Seitenportale lehnten sich an den Triumphbogen Kaiser Konstantins in Rom an. Was wollen Sie mehr!»

Durch eine, ich nehme an, schnurgerade Zimmerflucht, wo die Salzdahlumer Kühe wie unglücklich verzauberte Hofdamen unseren Pfad säumten, ging's von der Schauküche zum Großen Festsaal.

Schloß Salzdahlum, vom Garten aus,
nach dem Bau der großen Galerie und der Orangerie.
Stich von A. A. Beck nach Peter Schenk D. J.

SEMPER. MEMOR.
GRAT.

«Zehn Meter über uns», ich wurde plötzlich gebremst, «ist das Festmahl aufgetischt.» Der Bibliothekar tastete seine Pelerinentaschen ab und zog etwas Photokopiertes heraus. «Anhand von Bressands Einweihungsprogramm ‹Saltzthalischer Mayen-Schluß›, das meint: Gewölbe-Schließung Salzthals im Wonnemonat, läßt sich die Sitzordnung rekonstruieren. Hinter den sechzig Stühlen der sechzig Gäste stehen sechzig Lorbeerbäume, an denen auf Seidenbändern sechzig Sinnsprüche angebracht sind. ‹Mit kurzem›, sagt der Fest-Arrangeur Bressand selbst, ‹die anordnung diser Taffel ware so schön und ungemein/daß man die pracht und die zierlichkeit derselben so wenig aus diser beschreibung als die Sonne aus ihrem schatten/wird erkennen mögen›».

Von Bressandscher Bescheidenheit ganz angetan, starrte ich hoch in den Regen, wo der niedersächsische Hochadel – trotz Noblesse wahrscheinlich Typen, die sich ohne Betäubung Zähne ziehen ließen oder bereits zahnlos waren – die Silbergäbelchen in die Pasteten gepiekt hatte, wo mehr oder weniger tückisch die Pokale über der Tafel erhoben worden waren zum Toaste auf das immerwährende Glück des Hauses Wolfenbüttel. Ich ging zum Bibliothekar, der glücklich zusah, wie ich ihm die halb durchgeweichte Papierrolle aus der Hand nahm und damit auf einen Haufen verrotteter Weidepfähle stieg. Du hättest mich hören sollen, Charles – du weißt, ich hatte immer Mühe mit dem deutschen ‹R› und den Betonungen –, jedenfalls sprach ich die erste kalifornische Würdigung des verrauschten Schaffens von Anton Ulrich über die weiten Wiesen, den Lobgesang der als allegorische Figur auftretenden Architektur:

Man sehe hier das prächtige Salzthal /
das meine Hand geleget /
das so viel wunder ohne zahl /
auf allen seiten träget /
Dis dank ich dir / du glanz der Teutschen helden /
Durchleuchster Anton Hulderich /
Nur dein Verstand / nur deine sinnen /
regierten meinen Stab und führten mein Beginnen /
Du zierest den Parnaß / gleich wie er Dich gezieret /
wenn du die kunst ernährst/ so gibt die kunst Dir Ruhm
die kunst / die selbst dein Eigenthum /
die du so hoch kaum hebst / als sie dich selber führet.

«Nicht wahr? Nicht wahr?» kam der Bibliothekar strahlend zu mir, um mir von den Weidepfosten herunterzuhelfen. «Auch Sie mußten bei den letzten Versen stocken. Wunderbar. Bressand hat dort – den Grund kenne ich nicht – eine raffiniert gewundene, schiere Majestätsherabsetzung eingebaut: ‹Die du so hoch kaum hebst/als sie dich selber führet.› – Mancher Gast geriet vor Entzücken fast außer sich: ‹die Zierlichkeit der Architektur, die hochgebauten Säle, der Schatz der Gemälde in unbeschreiblicher Menge, der Hertzogin Porcellan=Cabinett, die Altanen, Treppen fanden so viel Bewunderer als Beschauer.› Das wird auch für die Taten Alexanders des Großen gegolten haben, welche die Wände zum Audienzsaal schmückten. Der Zyklus gipfelte in der Eroberung Babylons.

Doch hören Sie, wie es weiterging, denn im Grunde hatte die letzte Stunde des zwölf Hektar großen Wunderwerks schon geschlagen. Während dieses Hymnus aus dem ‹Saltzthalischen Mayen-Schluß›, deklamiert von der Musik-Empore des Festsaals, spätestens aber bei der Besichtigung der Paradezimmer mag es einem der Gäste wie Schuppen von den Augen gefallen sein. Denn wieso nur hatten die marmornen Fliesen unter den Füßen geknarrt? Wieso klang es so hohl, wenn man, ohne sich dabei vom Gastgeber erwischen zu lassen, mit dem Fingerknöchel gegen eine Säule pochte? Wieso glänzten die Treppengeländer so merkwürdig dumpf? Warum schauten bei den Dachgesimsen alle paar Meter Nagelköpfe aus dem Sandstein?»

«Holz!» rief ich. «Die genagelte Symphonie der Lebenslüge!»

Wir stapften mit großen Schritten übers Feld, der Bibliothekar mit meinem Schirm auf die unterschiedlichsten Attraktionen in den Lüften deutend, zum Beispiel auf das Miniaturschiff, in dem Anton Ulrich seinen Mittagsschlaf zu halten beliebte.

«Beim Blinde-Kuh-Spiel, hier im Mexicanischen Cabinett, macht das Unglaubliche seine Runde. Die dürre Mätresse Melusine von der Schulenburg und die dicke Co-Mätresse Kielmannsegg – die eine ist später Duchess of Kendal, die andere Viscountess of Darlington, oder wie der einfache Brite die

Gespielinnen Georgs von Hannover-England nannte: Bohnenstange und Elefantenfuß – flüsterten es sich einander ins Ohr: ‹Holz!› Immer gieriger fixieren die ausländischen Herrschaften die immensen Räumlichkeiten. Nicht länger vertuschen Ledertapeten und die Gemälde, durchaus viel Tintoretto und Rubens, dicht an dicht die Wahrheit über den Pleitebau. Manchem wird schier übel beim Gedanken, derartig hautnah und übermächtig mit dem schon sicheren Verfall konfrontiert zu sein. Mit unheimlichem Bangen fühlt der Fürstbischof von Osnabrück, wie's um das Menschenwerk bestellt ist.»

Für jemanden, der uns zugesehen hätte, spielte sich Folgendes ab, beziehungsweise nicht ab: Mit leichter Hand stieß mein Schloßführer eine Flügeltür nach der anderen auf und führte mich durch eine Parterre-Suite, wo der Stacheldrahtzaun genau die Linie markierte, auf der die Glücksspieltische für die Winterabende gestanden hatten. Ich hörte ‹Faites vos jeux›, hörte das Gemurmel von Damen und Kavalieren, die ihre Köpfe über der Roulette-Kugel und den Billiardtischen zusammensteckten.

«Der Regen vom 30. Mai verhindert, daß bereits an diesem Tag die ganze Improvisation zu Europas Gesprächsstoff werden kann. Der große Irrgarten, den man von den Spielsalons aus sehen kann: Er ist in aller Eile aus Brettern zusammengezimmert worden und mit Hecken bemalt. Der Vetter aus Hannover kann sich gratulieren: Cousin Anthon Hulderich hat es nicht geschafft, Kanäle für Gondelfahrten anlegen zu lassen. Das einzige Schiff steht im Ruhezimmer.

Das Budget ist für die Affentempelchen draufgegangen, für die ‹Kinderchen von Steyn›, von denen so viele zwischen die Rabatten gesät sind, daß sie sich gegenseitig auf die Putten-Füße treten. Eine Promenade durch diesen Park, mußte selbst die hochbarocke Aurora von Königsmarck gestehen, konnte zu Überreizungen führen, war nichts für die empfindelnden Seelen, wie sie aus England groß im Kommen waren, mit Melancholien, Natürlichkeitsgelüsten und striktem Einsamkeitsdrang.

Die Flußgötter und Delphine der Fontänen und Kaskaden werden kein Wasser sprühen an diesem Regentag, ja, niemals: Alle Kupferstichansichten lügen. Wie mancher Kollege andernorts war der Landbaumeister an der physikalischen Herausforderung gescheitert: Der Wasserdruck der höher gelegenen Bassins reichte nicht einmal für ein Tröpfeln der Kupferfrösche aus. Verbindungsrohre wurden dann erst gar nicht mehr verlegt… Mag sein», und aus unerfindlichen Gründen machte der Bibliothekar unseren Schirm zu, «daß der tägliche Anblick der springlosen Springbrunnen, die Regentage, an denen er die Farben von seinen Wänden rinnen sah, unsern gealterten Herzog den Weg zu seinen strengsten poetischen Werken und zu einem der ergreifensten Gediche der deutschen Literatur finden ließen:

Es ist genug. Mein matter Sinn /
Sehnt sich dahin, wo meine Väter schlafen. /
Es hab nun endlich guten Fug, /

Es ist genug! Ich muß mir Rast verschaffen. /
Die große Last hat mich erdrückt, /
Ja schier erstickt, / so viele lange Jahre. /
Ach laß mich finden, / was ich such. /
Es ist genug! Mit solcher Kreuzesware.»

«Ist es also tatsächlich der Anton Ulrich, der auch Romane verfaßt hat? In einer Vorlesung ...»

Charles, weiter kam ich nicht. «Romane?» lachte der Bibliothekar und legte mir seine Hand auf die Schulter: «Welten sind das, 12000 Seiten dick, eine auf diesem Gelände versuchte zweite Genesis. Junger Mann, auch ich weiß nur von sieben Menschen auf der Welt, einer in Ottawa, einer in Leningrad, zwei in Heidelberg, ich zähle auch dazu, die sich durch des Herzogs ‹Durchleuchtigste Syrerinn Aramena›, seine ‹Römische Octavia› durchgearbeitet haben – und noch lange nicht am Ende der Entschlüsselungen angelangt sind ... Ab und zu werfe ich einen Blick zum Schreibkabinett des Herzogs hinauf, hinter dessen Fenstern er in seine ‹Octavia›, etwa Seite 6400, programmatisch geschrieben hat: ‹Wir Teutschen lassen uns/in Italien und Franckreich zu adelichen Leibs-Übungen anweisen: warumb lernen wir nicht auch/von dem beyspiel dieser nationen/die löbliche Kunstliebe und verstands-übung? Worzu nutzet unser Reisen in diese Länder/wan wir allein die Eitelkeit und nicht auch die kunstlibe/ihnen ablernen wollen? Wollen wir Teutsche zu unserer voreltern Barbarey und wildheit wiederkehren/deren dapferkeit die gantze welt durch sieget/aber mit ihnen abgestorben/weil sie allein den degen und nicht zugleich den Schreibgriffel/ergriffen?›»

«Den Griffel ergriffen?»

Den wieder geöffneten Schirm schräg über uns, gingen wir los in die Richtung, wo schwarz sich die Baumstümpfe reihten.

«Pro Roman Anton Ulrichs, man kann sie guten Gewissens auch explodierte Schachspiele nennen, hat man es mit 600 bis 1000 Romanfiguren zu tun. So viele schillernde Helden, Götter und Schicksalsschläge stopfte er hinein, daß er am Ende selbst nicht mehr genau wußte, wer in welcher Scheinwirklichkeit mitspielte. Kam Anton Ulrich schweißgebadet mit seinen Figuren nicht mehr zurecht, wurde nach Bressand geläutet, der sich mit den Kanzleischreibern die Nacht über hinhockte, um die Wortwelten vier Seiten weiter zu elaborieren.

Beliebtes Moment zur Spannungssteigerung war dem Herzog der Trick, mehrere Figuren mit ein und demselben Namen zu versehen. Das spielte natürlich, geradezu überperfekt, auf die Wirrnis von Leben schlechthin an. So haben Sie in der ‹Durchleuchtigsten Syrerinn Aramena› nicht eine, nicht zwei, nicht drei, sondern vier Frauen, die Aramena heißen. Um Seite 2000 enthüllt der Autor überdies, daß die eine Aramena die ganze Zeit lang ein verkleideter Kerl gewesen ist, der auf den Thron von Syrien will. Den Satz aus der Roman-Vorrede ‹Es geschihet nichts Neues unter der Sonne› hat man bei Anton Ulrich unbedingt mehrfach zu überdenken.»

Der Bibliothekar schaute mich fragend an, auffordernd. «‹Die Sonne schien, da sie keine andere Wahl hatte, auf nichts

Neues.›» Wieder sein fragender Blick. «Es hätte sein können, Sie kennen die zweite Version. Aber daß der belesene Samuel Beckett seinen Satz von hier, aus Salzdahlum, hat, kann ich nicht beweisen. Neu ist nicht das Chaos, neu sind nur die Bestandteile, die man liebend gerne und voller Spannung ins Spiel wirft. Und das gelang Anton Ulrich auf den 8000 Seiten der ‹Octavia› noch trefflicher, denn da war mehr Platz. Überhaupt, ob nun mit diesem gigantischen Schloß hinter uns oder auf den 8000 Seiten: Der Mann begehrte viel Raum, um sich selbst und seine Ideen wandeln lassen zu können.

Knapp läßt sich sagen, die ‹Octavia› ist der präziseste Schlüsselroman der Weltliteratur, dazu geschrieben, die deutsche Literatur auf den Podest zu hieven. Es hat natürlich etwas Tragisches, daß Anton Ulrich fest darauf baute, daß unsere Welt der Klein- und Kleinstbürger, daß Sie heute in Berkeley noch voller musischem Feuereifer entschlüsseln wollten, daß sich hinter Eponilla und Solane I die Prinzessin von Ahlden und ihre grausame Liebe verbirgt, hinter Solane II und Grivitta hingegen die Venus von Sachsen, die fünfzig Jahre lang eingekerkerte Gräfin Cosel, und daß August der Starke als Wilkinus durch die Betten brilliert. Jeder, der unserem Herzog einmal unter die Augen geriet, fand sich Jahre später in einem das antike Rom mit Neu-Amsterdam verschmelzenden Wörterkosmos wieder: etwa als Rhescuporis beim Duell mit Isenobardus zwischen Dinogetia und Zarmizegethusa, also zwischen Wolfenbüttel und Braunschweig ... Ich hoffe, ich konnte Ihnen kurz einen Eindruck von den Romanpendants zum Schloß-

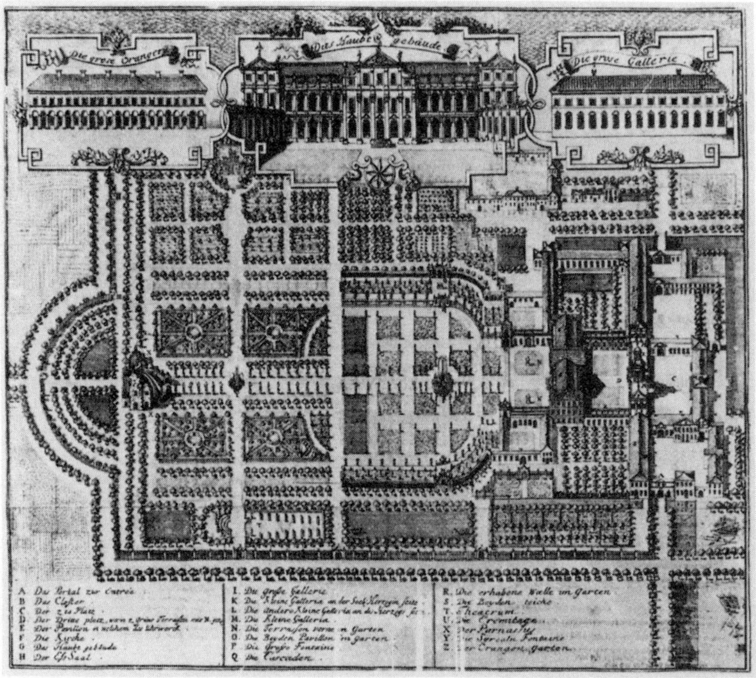

Salzdahlum.
Gesamtplan von Tobias Querfurt,
1710/14

system vermitteln. Beides lupenreinste Barock-Bockigkeit dagegen, die Welt als vorgegeben hinzunehmen.

Nebenher machte er mit seinen geschriebenen Visionen die deutsche Sprache heller und geschmeidiger, wenn er sich und seine Leser fein träumen ließ: ‹Hiernach ließ sich auch im Garten des Künstlers Hand bewundern, indem eine große Menge von marmornen Bildern die Seiten der Spazierwege bedeckte: daß sowohl die Vielheit als die Kunst das Auge entzücken mußten. Aber auch andere Sinne fanden ihre Vergnügung: indem das Gehör durch die vielen Wasserfälle und das liebliche Gesäusel der Springbrunnen erquicket, der Geruch und Geschmack aber durch die herfürsprossenden Blüten und Frühlingsbäume gelabet wurden.› Noch der junge Goethe …»

«Goethe?»

«… bekannte unumwunden: ‹Aber die *Ocatavia* des Herzogs Anton Ulrich schätzte ich am meisten.›»

Minotauros Anton Ulrich: Man kommt ihm zufällig nahe, Charles, ist sofort amüsiert von seinem Gebaren, genießt die Einmaligkeit, in hohem Gras und Schaumkraut durch seine verschollene Palastanlage zu streifen, und hat plötzlich sein Schnauben im Genick. Ich habe die Bände der ‹Octavia›, den schweinsledernen Turm voller Exzesse, ein gutes Stück von mir weggeschoben. Ich kann nicht mehr richtig lachen über die Ungeheuerlichkeiten, die darin nicht ruhen. Ich fühle eher, Charles, allesamt sind wir der Power nicht gewachsen. Hier wollte einer die Welt verwandeln. Ins Schöne, ins Spektakuläre. Und mein Gastgeber? Alle paar Tage oder Wochen spießt ihn der Minotaurus von neuem auf die Hörner, trägt ihn durch die windigen Festsäle, die Glücksspielsalons ohne Wände, die abgeholzte und zugewucherte Lindenallee hinauf und hinunter. Wer wird nachempfinden können, was für ein klares Selbstbewußtsein herrschen muß, um ein Schiff in Auftrag zu geben, in dem man nachmittags etwas ruhen möchte? Ach was, es hat das absolut Richtige, Angestellten-Humane und Gehorsame zu sein, wenn ich jetzt steif und fest behaupte, besser als so eine launige Schlaf-Caravelle ist es, daß kein Bauer, Farmer mehr im Aztekenkostüm strammzustehen hat. –

Gestern abend meinte ich, alle Mosaikstücke des Charakters, den wir besucht hatten, seien beisammen. Mit Vorsicht balancierten wir auf der nassen Planke über den Bach.

«Auch seinerzeit gab es Romanleser», sagte der Bibliothekar, indem wir dem Schloßplatz den Rücken kehrten, «die sich gerne hinter Liselotte von der Pfalz, einer entfernten Base des Herzogs, verschanzten, wenn sie bei der Entfilzung von 1600 Buchgeschöpfen auf Probleme stießen: ‹Wenn ich die romans lange und in einem stück lesen müßte, würden sie mir beschwerlich fallen; ich lese aber nur ein blatt 3 oder 4 Mal, wenn ich, met verlöff, auf dem kackstuhl sitze. So amüsierts mich und ist weder mühsam noch langweilig so. Hertzog Anton Ulrichs roman ist recht schön teutsch und wohl geschrieben … er macht an die ewigkeit gedencken, denn er nimbt kein end.›»

Ohne sich umzuwenden wies der Bibliothekar leger nach hinten: «Für ein paar Jährchen brach man nach dieser Äußerung natürlich jeglichen brieflichen Umgang mit der Klatschbase in Versailles ab, und man wußte hier solchen Mäkeleien noch eine Woche vor dem Tode, 1714, entgegenzusetzen: ‹Bester Leibniz, gleichwie ich nunmehro am Grabesrande dem sprichworte nach auf dem letzten loche pfeife, also bin ich auch beinahe am ende meiner Octavia und werde mir gewalt anthun, es selbsten noch zu absolviren.› Ich glaube, junger Mann, Sie hörten soeben das markigste Wort, das je einem Dichter beim Anblick seiner Grube über die Lippen gekommen ist.»

Da ich nun schon selbst wußte, wo das Gatter im Weidezaun war, machte ich es für den Bibliothekar auf, hinter ihm, vor einer herbeilaufenden Kuh rasch wieder zu, und wir befanden uns auf der Allee, wo wir unser Menuett gegeben hatten. Ich hing noch – das ist bei Liselotte-von-der-Pfalz-Zitaten wohl immer so – dem Wort ‹kackstuhl› nach. Da ich auf unserem Rückweg gerade das Krachen deutscher Konsonanten genoß – Charles, Du wirst Dir wahrscheinlich ‹Zarmizegethusa› notiert haben – kam mir noch ein anderes Wort in den Sinn: «Waren wir auch in der Nonnen-Orangerie?» rief ich.

«Die wurde doch erst zur skandalösen Hochzeit von Erbprinz August Wilhelm gezimmert!»

«Den haben wir auch noch nicht! … Sie sagten, er hätte es irgendwo hinter den Linden getrieben.»

«Und im Lorbeerrondell.»

«Die Orangerie der Herzogin und den Erbprinzen kann man zusammenfassen … Setzen Sie sich doch wieder auf den

Stumpf, so läßt's sich besser hinuntererzählen ... Beide eben genannten Personen, Herzogin und Sohn, in deren Besitztum wir uns eingeschlichen haben, sind Exempel dafür, welch aktivierende Ausstrahlung ein Mann wie Anton Ulrich in seinem Umfeld haben konnte.

1695, ein Jahr nach der Einweihung Salzdahlums, zeigt Elisabeth Juliane, was sie von ihrem Gatten gelernt hat. Sie besteht darauf, ein Kloster zu bekommen. Der Grund lag jedem offen zutage: Dicht an Versailles hatte der Frömmel-Schragen von Ludwig XIV. – wenn Sie bisher alles verstanden haben, begreifen Sie mit Ihrem fast verdächtig perfekten Deutsch jetzt auch ‹Frömmel-Schragen› – hatte also die Marquise de Maintenon für ihren Nachruhm ein Kloster gegründet, das Nobel-Stift von Saint-Cyr. Doch wohin in Salzdahlum mit neunzig Novizinnen, die Elisabeth Juliane für ihr Abtei-Pendant mittlerweile angelockt hatte? Man fand keinen anderen Ausweg – die frommen Mädchen wurden in den Dachstuhl der Orangerie gestopft, und im Schnellverfahren rief man dort das etwas einfallslose ‹Kloster zur Ehre Gottes› ins Leben. Im Dachgebälk erklang es nun ‹O Haupt voll Blut und Wunden›, eine Etage tiefer wurde zwischen Pomeranzenkübeln mit dem durchreisenden Zar Peter gezecht. Der übrigens unseren Flußsaal als Großen Saal an der Newa nachbauen sollte. – Heute ist wohl besonders New York zum Schauplatz der Kontraste geworden ... Gerade die beengten und gebetsintensiven Damen vom Dach mußten von den Ereignissen der Hochzeit vom Juli 1695 besonders schwer getroffen sein in ihren Seelen.

Stein des Anstoßes, einer der wenigen Steine dieser Gebäude, ist Bräutigam Erbprinz August Wilhelm. Schon als Knabe war der Erbprinz insbesondere dadurch aufgefallen, daß es ihn in den Tanz-Arrangements seines Vaters immer zu den Rollen des Ganymed, gar des verwunschenen Hermaphroditos gedrängt hatte. Gewiß sehr hübsch mit schlanker Wade. Und wie oft hatte man später den pubertären August Wilhelm an den knochentrockenen Brunnen aufseufzen gehört und erstaunt beobachtet, wie aufmerksam er eigenhändig zugriff, wenn einer der Gärtnerburschen sein schweres Gerät in die Heckenrondelle trug. Dann all die herzoglichen Ulanen im Schloß, mit ihren hohen Stulpenstiefeln, Silbersporen und bunten Westen, zu deren Ehrenoberst der Elfjährige sich so freudig hatte ernennen lassen. Hustend saß August Wilhelm in ihren Tabakrunden und war vor Morgengrauen kaum aus dem mannsfrohen Schulterschluß der Kürassiere herauszulösen.»

«Wohl Salzthalische Vielfalt.»

«Anton Ulrich besah sich seine Untertanen in Harz und Heide, besah sich seinen Nachfolger und mußte sich eingestehen, daß er in seinem Hause vielleicht allzu viele altgriechische Illusionen inszeniert hatte. Der Erbprinz – danach riefen schon allein die dynastischen Pflichten, die Beschränktheiten der Steuerzahler und die zähe Karfreitagsstimmung der Geistlichkeit – mußte unter die Haube. Anton Ulrich fuhr mit dem Sohn ab in den Norden, eine Braut zu holen: Sophie Amalie von Holstein-Gottorp-Nordburg.

Die Gedenkmünze wird entworfen, ‹Der starcken Löwen

Muht/Verknüpft der Liebe Gluht›, und am 7. Juli 1695 treffen die flink Verlobten – und ihr Anhang! – zu den Festivitäten in Salzdahlum ein.

Die Nonnen der Orangerie singen den Empfangs-Choral, es wird gespeist, Sarabande getanzt, gegen Mitternacht wird das fürstliche Beilager hergerichtet und das junge Paar von den vereinigten Höfen zur Stammbaumverlängerung geführt. Nacht, wie jetzt, liegt über Salzdahlum, Nacht auch im Gesicht von August Wilhelm. Den einen Blick, den er auf die Schar seiner angeheirateten Verwandtschaft zurückwirft, registriert vor lauter Zufriedenheit kein Mensch. Anton Ulrich glaubt, dort vom Atzumer Hügel Extra-Salutschüsse abfeuern lassen zu müssen. Er küßt seine Elisabeth Juliane auf die Wange – aber da zieht sich seine mittlerweile alte Stirn in Falten. Mußte ja: In einer Salonecke, bei den Gottorpern, steht Prinz Christian, der feurige Bruder der Braut, und legt wie beiläufig einem der Wolfenbüttelschen Lakaien am Kragen die Perükkenlocke zurecht.

Kurzum: Beim großen Lever am 8. Juli findet man Sophie Amalie mit der Liebkosung ihres Seidenkissens beschäftigt und Erbprinz August Wilhelm mit einem seraphischen Gesichtsausdruck im Gästeflügel des Palastes quer über der Reiterbrust von Prinz Christian schlafend … Aus dieser Hochzeitsnacht ging eines der innigsten Fürstenhäuserverhältnisse hervor, die das Deutsche Reich gesehen hat. Führend – so können es Ihnen bei mir zuhause Briefdokumente zwischen den Zeilen verraten – müssen die beiden Schwäger im Bereich

Herzog Anton Ulrich im Alter von 81 Jahren,
von J. W. Heckenauer, 1714

avantgardistischer oder, wenn man so will, archaischer Liebespraktiken gewesen sein. Im Dunstkreis unseres Herzogs, irgendwann im Hochsommer – Prinz Christian spannte nach seinen Feldzügen immer wieder gerne in Salzdahlum aus – muß eine Freiin von Bodenwerder dazugestoßen sein, als sich hinter der Pagode Prinz Christian auf das ausgestreckte Bein von Erbprinz August Wilhelm erleichterte, ich weiß nicht exakt, wie ... Ach, mit Freimut erzähle ich davon, weil Sie nach Amerika nicht den falschen Eindruck mitnehmen sollen, in Salzdahlum habe es nur die erhabene Kunstbetrachtung und neumodische Prüderie gegeben, verzeihen Sie: Geschissen wurde hier hinter jedes Lavendelbeet, gepißt an jeden Obelisken... Auf! Vorbei am Bello-Grab. Mancher Windstoß gleicht seinem Kläffen, seinem Heulen.»

Ich horchte.

«Nur zehn Schritte in die Pagode. Hier erklärt der steinalte Anton Ulrich zum Finale erst mal den Krieg.»

Charles, natürlich hättest Du, wie man ja auch sollte, nach dem Schicksal der Braut und Schwester fragen wollen, aber das letzte Kapitel gehörte dem Kriegsgott Mars. Mit Zentimetergenauigkeit führte mich der Bibliothekar an eine Stelle, wo ich fast mit einem regenschwarzen jungen Bäumchen verschmelzen mußte.

«Fühlen Sie es? Wo Sie stehen, genau da stand sein Divan. Quasi in ihrem Körper saß er. Siebzigjährig hatte er vor sich die Karten aufgeschlagen und erkannte den Fleck seines Herzogtums. Ein Biograph fand für den Entschluß Anton Ulrichs,

Krieg zu führen, auch nur eine Erklärung: ‹Es war sein rastloses Streben, sich bemerkbar zu machen.› Der bürgerliche Tenor von 1904 ist negativ …»

Der norddeutsche Herzog, das Bäumchen, ich, wir teilten uns einen Quadratmeter Welt, und, Charles, wie konnte mir anders zumute sein als wohlig und schaurig zugleich. Die Rinde des Baums an meinem Gesicht, fühlte ich, wie vom Mund Anton Ulrichs Krümel von Teegebäck gefallen sein mochten, durch die Bodenritzen der Holzpagode hindurch und nun, nach einem langen Kreislauf, zigfach umgewandelt und, in Spuren nur, in die Baumrinde eingegangen waren. Atemluft des Herzogs auch, die meine Haut berührte. Wie er, vielleicht sogar recht detailgetreu, sah ich den geschmückten Inder nah bei mir stehen, und dann die Gebäckschale wieder forttragen. Und draußen kläfften Windhunde, hörte ich Kies unter den Schuhen von Elisabeth Juliane – plötzlich sangen die Nonnen unterm Dach mit klarer Stimme laut in meine Ohren, blickte mich Bello, der um sein eigenes Mausoleum strich, mit müden Hundeaugen an. Oh, es schien ja nur so, als ob die Patina auf der Kaskade grün im Fackellichte schimmerte. Ich sah die Äderchen in Anton Ulrichs Lidern, schwer vom siebzig Jahre langen Leben unter diesem Nachthimmel. Ich schaute den Bibliothekar an und wollte wissen, was für einen Krieg der schillernde Herr jetzt plante.

«Stellen Sie sich vor, die Ungarn, grundsatt bevormundet zu werden, entschlössen sich, in Moskau einzumarschieren; oder anders: Westeuropa, auch grundsatt, versenkte die US-

Navy. So ähnlich war die Konstellation, als Anton Ulrich seine Militärs hierher befahl – tief beeindruckt vom Heldenmut seiner eigenen Romangestalten – und den Perplexen kundtat, die Nachbarmächte müßten überfallen werden. Hannover sollte besetzt, das cellische Gifhorn niedergebrannt, das westliche Brandenburg leicht angeplündert und dann ein Friede diktiert werden, der die Weltläufte wolfenbüttelscher gemacht hätte, was immer das heißt.»

«Phantastischer?»

«Großartiger.»

«Anton Ulrich wußte, daß er in Europa ein berühmter Mann war, daß er sein Wolfenbüttel aus dem Nebel der Zeiten, aus dem Brackwasser der Provinzialität gehievt hatte, und Anton Ulrich wußte auch: Diesen Kraft-, Geistes- und Willensakt würde sein turtelnder Sohn nicht schaffen. Mehr an Brillanz war ihm nicht zu vererben, und so mußte ihm wenigstens mehr an Macht hinterlassen werden – sonst wäre der Tag des Thronwechsels der erste Tag, an dem es heißen könnte: Wolfenbüttel? ... Da war doch mal was gewesen ...?»

«Schade», sagte ich, denn es war anzunehmen, daß beim Krieg etwas schiefgegangen war. Kurz sah ich eine Reiterei vor mir, die auf Holzpferde spezialisiert war.

«Anton Ulrich gibt den Befehl, gewaltige 20 000 Mann auszuheben, das allerdings in möglichst perfekter Heimlichkeit. Ein zweiter Befehl des, gelinde gesagt, kriegsuntüchtigen Souveräns wird diese Armeeaufstellung noch mehr erschweren – Sie erfahren jetzt von einem einmaligen, leider völlig ohne

Nachfolge gebliebenen Vorgang in der deutschen Militärgeschichte. Anton Ulrich wünscht nicht, daß man Steuerzahler aus dem Gewerbe reißt und ins Heer preßt, so daß die Soldatenwerbungen des Winters 1701/1702 hierzulande etwa folgenden Verlauf nahmen: ‹Komm doch, lieber Untertan in die heimliche Armee von Anton Ulrich. Wir machen einen großen Krieg gegen alle. Wenn du aber arbeiten und dich nicht totschießen lassen willst, ja, dann solltest du zuhause bleiben›.

Bald wurden Anton Ulrichs so instruierte Nicht-Werber in den Schenken und Gasthöfen von der Bevölkerung in einer so herzhaften Weise begrüßt, daß aus Salzdahlum strengstes Gebot erlassen werden mußte. Mit diesem Geheiß hat uns Anton Ulrich das gewiß reizvollste Dokument aller Vorkriegszeiten hinterlassen: ‹Wir, Hertzog von Braunschweig, haben aber gehöret, daß bey dem bereits so hefftig verspürten Mangel an Leutten die Werbungen dadurch noch difficiler gemachet würden, indem sogar von unseren eigenen Unterthanen denen zur Werbung ausgesandten Officiers zum öfteren übel begegnet, dieselben mit Dräuung und andern übeln Tractamenten abgewiesen, auch denen Neugeworbenen verschiedentlich sogleich zur Flucht verholfen worden. So befehlen wir nachdrücklich und ernstlich, unsern werbenden Officiers gebührend zu begegnen.›

Im Januar 1702 wurden sechs Mörser angeschafft, und durch windige Versprechungen schaffte es Anton Ulrich wenigstens aus den Nachbarländern, die demnächst einkassiert werden sollten, Deserteure nach Wolfenbüttel zu locken … Gerade letzteres fiel natürlich irgendwann einmal auf, und man fragte bei Vetter Anton Ulrich nach, was er denn da mache mit der nagelneuen Artillerie und so vielen Überläufern? Anton Ulrich hüllte sich, wie er dies auch bei seinem Staatskanzler so majestätisch tat, in Schweigen und gab nur zu verstehen, er stünde allzeit bereit für Frankreich. Das Vertrauen, das der heroische Romancier in seine in Salzdahlum verluderte Generalität setzte, viele Duzfreunde des Erbprinzen darunter, muß als blind bezeichnet werden. Selbst die ferne Liselotte wußte schon im voraus zu analysieren, ‹Der krieg, so die Wolfenbüttelschen herren anfangen wollen, kompt mir eben vor alß wenn man in die höhe speit und dass es einem wieder auf die nase felt.›»

«Fast bei allen Kriegen so.»

«Ehe etwas passieren konnte – und Unvorhersehbares konnte sehr viel passieren, denn zwischen dem Nordischen Krieg und dem Spanischen Erbfolgekrieg am Rhein lag hier die letzte dünne Pufferzone –, marschierten in der Nacht des 20. März 1702 die vereinigten Nachbarn bei Anton Ulrich ein, der nur noch ‹Verflucht!› rufen konnte. Anton Ulrich zelebrierte gerade irgendwas in der Orangerie, als ihm die Invasion gemeldet werden mußte. Der Siebzigjährige – als wären Schicksalsprügel sein eigentliches Lebenselixier – gebärdete sich wie Hannibal. Direkt aus der Festgesellschaft stürmte er mit mürben Knochen fort, um erst mal einen militärischen Durchhaltebefehl auszugeben. Wir haben ja August Wilhelm, der von dieser dramatischen Nachtstunde berichtet: ‹Nachdem die Truppe halbwegs rangiret war, that ihnen der Hertzog, Mein Herr Vatter, selber die Ehre an, sie in der nächtlychen Parade zu besehen. Im Schloßhofe ging er Reihe um Reihe die gestellten Esquadrons selbst zu Fuße durch und machete jedwedem Officier und Gemeinen eine freundliche und gnädige Mine.›

Die mitternächtliche Truppenschau und gnädige Mine, dort hinten, wo man das Ende des Feldwegs erkennen kann, halfen nicht. Die Soldaten retteten sich, wohin sie konnten. Furios über solchen Kleinmut befahl Anton Ulrich seinen Kanonieren: ‹Schießen!› Doch war im Zeughaus zu den neuen Mörsern keine passende Munition zu finden. Der Feind rückte guter Dinge näher. Der Erbprinz berichtet erregt: ‹Des Nachmittags des 21. März sollte von Saltzthal ein Commando ausgehen, einen gewissen Theil der Hannöverschen bei Peine auszuheben, welche dies aber schon gewußt, nachdem selbiges im Cabinette von dem Hertzoge beschlossen worden. Wenn denn leider! erbosete sich Mein Herr Vatter sehr, alle geheimen consilia gleich offenbahr würden!›

Jedenfalls, tags darauf bekam Anton Ulrich eine Ehrenwache der Feinde vor seine großen Holzportale gestellt. Die Weltgeschichte hatte Wolfenbüttel die kalte Schulter gezeigt, bis dato zum letzten Male.

Im Sommer kehrten die Eroberer heim und hinterließen Vetter Anton Ulrich den dringenden Rat, die Leser Europas nicht länger auf die letzten Bände der ‹Octavia› warten zu lassen.»

Wir gingen das kleine Stück von der Pagode zurück zum

Fuß des Rastplatzhügels. Völlig erschrocken schien der Bibliothekar jetzt erst wahrzunehmen, was von meinen Wildlederschuhen übriggeblieben war. Ich sagte ablenkend: «Waren nicht teuer … Anton Ulrich konnte jetzt wohl nur noch unvermittelt die Religion wechseln. Ich meine, das war dann doch wohl der letzte Akt bei seinem Ringen, die Dinge nicht auf sich beruhen zu lassen?»

Es war etwas eigentümlich, wie wir dastanden, die Gesichter auf den dunklen Hügel gerichtet, über uns ein Schirm, an dessen Innenseite mittlerweile auch schon die Wassertropfen rannen. Man hätte ihn zumachen können.

«Im Alter von 77 Jahren, als Anton Ulrich Katholik wurde, hatte er die ‹Kreuzesware› seines Lebens, diese permanente Kettenreaktion von Höhenflug und Ohrfeige, wohl so weidlich durchgekostet, daß er niemandem darzulegen beliebte, warum er plötzlich Heilige verehren wollte. Ein wenig hoffte er viele Jahre, wegen dynastischer Verquickungen, das Erzbistum Köln beerben zu können. Er war kein Gewinn für den Papst, kein Verlust für die Lutheraner. Über seine Konversion kursierten vornehmlich zwei Gerüchte.

In Hannover hieß es mokant: ‹Da kam ein Jesuiter nach Wolfenbüttel, frug, wie der Hertzog denn catholisch worden wäre, und ihme antwortete man: Ein Mensch hat 5 Sinne, der Hertzog aber 3, da hatt man leicht mit können zurecht kommen.›

Salzdahlum selbst sah's tiefer: ‹Sein verfallen Gehör hat ihn wohl endlich befördert, denn bey den Lutherischen sey nichts als lesen, singen und predigen, und keines derselben höre er. Aber bei der Messe sehe er die prächtiglichen ceremonien, bey denen er sich des gantzen Leidens Christi nützlich erinnern könne.›

Anton Ulrich läßt sich noch einmal zum Karneval nach Venedig transportieren. Dort wird er, ein letztes Mal maskiert, in einer Rollchaise mit der Gondel durch die Stadt gerudert und labt sich am Schönen. Auf der Rückreise möchte er von seiner Enkelin den irdischen Abschied nehmen, von der Kaiserin Elisabeth Christine. Doch bei diesem Treffen in Bozen wird unser lebendes Denkmal des deutschen Hochbarock schlecht behandelt. ‹Leider mußte der ceremoniöse alte Herr die Demütigung erfahren, dass die ihre Keiserin begleitenden Hofleute in der Person des Grossvaters nichts mehr als nur einen Hertzog von Braunschweig erkennen wollten; weil ihm nach der Etikett am Keiserhofe nicht mehr Ehre erwiesen wurde, verstand Anton Ulrich nicht ein einziges Mal sich dazu, bei der Keiserin an der tafel sitzen zu dürffen und kehrte bald mit einiger Verstimmung nach Braunschweig zurück.›

Und zurückgekehrt nach Salzdahlum, schlug Anton Ulrich seine ‹Octavia›-Scripte auf – ‹mit einiger Verstimmung›. Er nahm die Feder und strich sowohl seine Enkelin als auch ihren schäbigen Hofadel für die Nachwelt aus der Literaturgeschichte aus. Sodann legte er sich bald zum Sterben. ‹Der gutte hertzog von Braunschweig›, schrieb voller Verwirrung eine Hofdame aus Salzdahlum an ihren Ehegemahl 1714, ‹redt mit solchen freüden und trost von dem todt, alß wenn er gantz was artiges und lustiges were. Ich weiss wohl, dass es eine sache ist, so nicht zu hindern stehet und dass, wenn man raisonable ist, man wohl seine parthey nehmen müsse, aber eine lust drin zu nehmen, das kann ich nit begreifen und mag auch nur dem hertzoge einfallen.› Mit versiegender Kraft teilte er dem nicht minder siechen Leibniz mit: ‹Wan zu Zeiten was irdisches mir noch einfället, so mir die sterbenslust benehmen wil, so ist es die Bibliothec und Saltzdahl, so ich beides in seiner vollkommenheit noch wol sehen mögte; sed vanitas est, und werde ich, wils Gott, viel ein beßeres Saltzdahl zu bewohnen bekommen.› – Er war für das letzte Abenteuer bereit.

Als Anton Ulrich 1714 in die Ewigkeit einging, wird der gnädige Gott unseren Jupiter-Apoll mit dem ‹Amelinde›-Marsch empfangen haben. In jenem Jahr zu sterben und, ja, unsterblich zu werden, war übrigens die einzige Aktion, mit der Anton Ulrich es schaffte, dem Sonnenkönig voraus zu sein – um ein gutes dutzend Monate.»

Dear Charles, mein Brief scheint ein wenig aus den Nähten geplatzt zu sein, doch sieh mich nun vor Deinem geistigen Auge, wie ich, naß bis in die Kniekehlen, angefüllt mit der exzentrischsten Barockgeschichte und wunderlichen Versen und Sätzen dazu, meiner Rastplatzbekanntschaft hinterdrein die letzten Meter durchs Gebüsch zum Auto hinaufsteige.

«Deutsches Barock ist den Deutschen am fremdesten, weil's dort mal nicht um Gemütlichkeit ging», hörte ich und sollte es mir merken.

Kopfschüttelnd wandte ich noch einmal den Blick zurück

zu den gänzlich leeren Wiesen, die wir kreuz und quer durchmessen hatten.

Fast wütend – auch meine Erkältung war bereits zu spüren – rief ich dann wieder nach vorn gewandt: «Einem Fremden können Sie ja jeden Bären aufbinden. Gab es das Schloß? Und Anton Ulrich?»

Ich sah sie wieder, das Auto, die Tische mit den angeschraubten Bänken auf dem finsteren Rastplatz. Der Mann klopfte am Bein seinen Schlapphut aus und hielt ihn dann genau so wie mein Vater, als er mich mit dem Hut in der Hand auf die Schönheiten der Niagara-Fälle aufmerksam gemacht hatte.

«Alles, die Säle, die Orangerie, die Kunstkabinette, ganz Salzdahlum, alles: verfault. Der Palast hatte kaum steinerne Grundmauern. Noch vor den Augen Anton Ulrichs kroch Jahr um Jahr der Schimmel höher die bemalten Bretter hinauf. Wegen der feuchten Grotte im Haus entdeckte man zwischen den Treppenstufen bald Moos. Waren hier die Pilaster frisch nachgestrichen, gammelte es dort schon wieder in den hölzernen Akanthusblättern. Vielleicht war es kein gutes Omen, daß der preußische Kronprinz, Friedrich der Große, hier widerstrebend eine Braunschweigerin heiratete. Es war nicht aufzuhalten. Anton Ulrich hatte echte Stein-Statuen auf den riesigen Holzgiebeln gewollt. Ihr Gewicht preßte die Bretterfassaden auseinander. Nach nur einhundert Jahren hatte sich der Palast in eine übelriechende Ruine verwandelt. Die Wände klafften, die imitierten Marmorfliesen warfen Wellen. Nach Anton Ulrich hatte kein Nachfolger mehr die Kraft, das Areal belebt zu halten: ‹Die Pfeiler müßten inwendig mit Barnsteinen gefüttert werden. Letzteres ergiebt trockene und gesunde Wohnungen.› 1810 wurden für Militärausgaben 400 Gemälde versteigert, ein Jahr darauf 8000 Salzdahlumer Porzellane. Die Nonnen waren die letzten Bewohner. Wegen Einsturzgefahr mußten sie aus der untergehenden Orangerie gerettet werden. 1813 ließ Napoleons Bruder, König Jérôme von Westphalen, Salzdahlum als Brennholz verkaufen. Das Barockschloß schwelte bedrohlich in den Küchen und Stuben – marmorierte Scheite waren zu naß. Im ganzen Umland weisen die Polizeiakten für den Winter 1813 Erstickungsunfälle nach.»

Ich beugte mich hinunter und griff in ein Büschel Gras, wo Anton Ulrich auf seinem letzten Spaziergang in vielleicht unbezahlten Brokatpantoffeln entlanggeschlurft sein mochte. Here was a Caesar! When comes such another?

Ich schaute dem Bibliothekar ins Gesicht und hatte eine Scheu davor, den Mann in dem engen, billigen Auto sitzen zu sehen, klein gemacht in dem Opel-Serienfabrikat. Ich ging zum Wagen, schloß auf, wir stiegen ein, ich bog ein in die Landstraße, wo kein vorbeifahrender Autofahrer ahnte, daß dort unten eine Hofdame – einen Blick zu den Fenstern des herzoglichen Ruhezimmers zurückwerfend – ihrem Kavalier zugeraunt hatte: «Man hört, Serenissimus wollen heute nacht den Fackeltanz noch einmal als Apoll anführen und dabei den Musen eine Fayencefrucht überreichen …»

Dear Charles, vor lauter Nachschlagen in den steifen

Schwarten, Briefwechseln, Mémoires und Nachdrucken, die in dieser Wohnung verwahrt werden, habe ich nicht einmal die Seiten durchnumeriert. Ordne sie Dir selbst und gehe gut mit meiner Arbeit um. Vom Ende der Welt wirst Du noch dauernd hören, von Anton Ulrich nie mehr irgendwo. Dabei ist er als Utopie bei weitem nennenswerter als das Ende aller Utopien durch Verwüstung der Erde und des Overkill. Du wirst mit mir einer Meinung sein: Eine Nation, aus der ein Anthon Hulderich aufgetaucht ist, und in deren Stundenplänen nicht das Hauptfach ‹Erbaulichkeiten› vorgeschrieben ist, die muß etwas Entscheidendes vergessen haben.

Der Bibliothekar hat mir angekündigt, eine Originalausgabe der ‹Syrerinn Aramena› mit nach Hause zu bringen. Womöglich hörst Du in vier Wochen von mir, daß wir auf Seite 3017 angelangt sind und geheimnisvolle Schicksale entschlüsseln. Mal das ganz andere machen, in Wolfenbüttel.

Dein Charles

«Man hört immer von den Divertissements am Wolfenbüttelschen Hofe, ich finde, dass sie recht wohltuen, sich dorten lustig zu machen.»

Liselotte von der Pfalz

ANMERKUNG DES AUTORS

Der Holzvulkan erschien erstmals 1986 im Zürcher Haffmans Verlag. Die ebenso unfaßliche wie wahre Geschichte des Herzogs Anton Ulrich von Braunschweig-Wolfenbüttel stieß auf erfreulichsten Widerhall. Sie wurde offenbar auch als Reaktion auf den in Deutschland verbreiteten Hang empfunden, in den Künsten und im Alltag vornehmlich die Tristesse zu kultivieren. Plötzlich wurden muntere Fahrrad-Sternfahrten zum Schloßgelände organisiert, wo Schauspieler Buchpassagen und Gedichte des kunsttrunkenen Herzogs darboten. Ein Anton Ulrich-Fan-Club formierte sich. Seine Mitglieder campierten und tanzten auf dem feuchten Palastareal und drehten bezaubernde Filme über den Fürsten und sein Schaffen. Nachdem der Haffmans Verlag erloschen war – gleichsam wie ein Salzdahlum der Literaturlandschaft –, wurde das Buch vom kleinen exquisiten Braunschweiger Verlag Michael Kröger nachgedruckt.

Für die nun vorliegende neue Ausgabe wurde der ursprüngliche Text leicht bearbeitet und vor allem durch historische Fakten und Äußerungen, etwa von Gottfried Wilhelm Leibniz, ergänzt und dankenswerterweise von Gustav Seibt um ein Nachwort bereichert.

Zu den augenfälligsten Hinterlassenschaften des Herzogs

Anton Ulrich gehört zweifellos das Braunschweiger Anton Ulrich Museum, eine der herausragenden Kunstsammlungen Deutschlands, obwohl vorzeiten bereits einige hundert Gemälde aus Finanznot verkauft worden waren.

Bei einer Visite des meist nur mäßig besuchten Museums vor einigen Jahren kam es zu einer anrührenden Szene. Vor den Werken Rembrandts trat eine Aufseherin neben mich und fragte, ob sie mir die Gemälde erläutern dürfe. Leise fügte sie an: «Wir sind fast so gut wie Dresden. Aber wer kommt nach Braunschweig?» Als ich dankbar nach ihren Hinweisen gehen wollte, hielt sich mich beinahe am Arm zurück: «Aber Sie müssen doch noch unseren Vermeer sehen, Das Mädchen mit dem Weinglas, gleich nebenan.»

Auch so zart wirkt Herzog Anton Ulrich nach.

Hans Pleschinski im März 2014

NACHWORT

VERSCHWUNDENHEITEN

Nach dem Ausbruch des Holzvulkans

Wie ein barockes Bühnenbild, ja wie eine Lichtarchitektur aus Feuerwerk am Nachthimmel, erschaffen, um zu blenden und dann spurlos zu verschwinden, ist die Geschichte von Salzdahlum am Leser vorbeigezogen. Er reibt sich die Augen. Das soll es einmal gegeben haben? Das soll historische Wirklichkeit gewesen sein? Jeder Historiker kennt Momente fundamentaler Ungewissheit, in denen unversehens der große Zweifel sein spöttisches Haupt aus dem Meer der Fakten hebt: Woher willst du eigentlich wissen, dass das nicht alles erfunden ist, nicht nur irrig in einzelnen Tatbeständen – das ist Historie immer, damit muss sie leben –, sondern durchaus und von Anfang bis Ende? Denn das Vergangene ist ja weg, ganz weg, tot, verschwunden vom Erdboden im Abgrund der Zeit, der selbst nur eine Metapher ist, also unsichtbar. Handgreiflich ist allein die Gegenwart. Anschaubar nur das Hier und Jetzt. Alles davor wird zu Überrest, Spur, Erinnerung, Sage, Gerücht, bevor der Tag kommt – und er kommt ganz gewiss! –, an dem der letzte Mensch stirbt, der noch den Gedanken an eine bestimmte verwehte Wirklichkeit in sich trug.

Der ist kein wahrer Geschichtsforscher, der nicht solche Momente des Schreckens vor der Verschwundenheit aller seine Gegenstände kennt. Dann muss der Zweifel beruhigt, die

Angst mit Arbeit besiegt werden. Gottseidank, die Zeugnisse haben eine große Dichte. Materielle Überreste und unwillkürliche Spuren passen zu dokumentarischen Testimonien, diese wiederum zu aufgeschriebenen und abgefragten Erinnerungen. Eins fügt sich dergestalt zum anderen, dass es vollkommen unmöglich erscheint, diese Vergangenheit sei bloß Erfindung oder Trug, gar Täuschung, ja von wem? Einem neckischen Weltgott, einer Fälscherbande? Gefälscht wurde viel in der Geschichte und über die Vergangenheit – in dokumentarisch armen Zeiten, in denen der Aufwand dafür noch gering war, im Mittelalter also, lebte ein ganzes mönchisches Handwerk davon, bisher nicht bekannte Vergangenheiten samt Rechtsansprüchen und Wundern ins nachträgliche Leben zu rufen. Das dürftige Faktische durchs Wünschbar-Wahre zu ergänzen, galt als legitim.

Und hat im letzten Grund nicht jede, auch die getreueste kritische Wiederherstellung des Lebens von Toten, des Daseins vergangener Geschlechter etwas von Kulissenschieberei, von erzählerischem Lug und Trug? Dann nämlich, wenn der Trug hinreichend erzählerisch ist und die nie ganz auszuräumende Ungewissheit wenigstens mit dem Glück der gut gemachten Geschichte auswiegt: So könnte, so müsste und muss es eigentlich gewesen sein, so klingt die Geschichte wahr und glaubwürdig. Kein Historiker von echtem Vollblut, der nicht auch solche Momente der Sieghaftigkeit kennt, wenn ihm eine Geschichte gelungen ist, die jedenfalls für ihn selbst den Geschmack der Wahrheit hat. Aber je redlicher er ist, desto später wird ein solcher Moment eintreten, nach langen Mühen der Kontrolle, des Prüfens, Abwägens und Verwerfens. Dass alle Historie am Ende nur Erfindung sei, das sagt sich so dahin, vor allem von Leuten, die sich der Disziplin, Geschichte selbst zu erforschen, nie unterzogen haben. Aber nach der Forschung kommt tatsächlich, spät aber doch, der Moment, wo der Geist der Erzählung das Szepter an sich reißen muss, hier vielleicht geisterhafter als bei reiner Fiktion, denn die Heere der Toten, die er befehligt, sie müssen ja einmal gelebt und geatmet, geliebt, gelitten, gekämpft haben, bevor sie gestorben sind, sonst wäre die ganze Mühe umsonst.

Solche bänglichen Überlegungen sind hier, jeder Leser hat es längst begriffen, noch mehr am Platz als bei vielen anderen Geschichten über Vergangenes. Denn die Historie von Herzog Anton Ulrich von Braunschweig-Wolfenbüttel und seiner Prachtresidenz Salzdahlum trägt die Totenblässe der Verschwundenheit in besonderem Maß auf den einst sehr lebensfroh geschminkten Gesichtszügen. Da baut sich ein kleiner Fürst mit nicht zulänglichen Mitteln ein Traumreich in die verregnete Landschaft, das nichts Geringeres sein soll als Rom, Paris, Florenz, fast als sollten die Reiche des Buchs Daniel zu einer Belustigung im Barockgarten werden. Errichtet aber wird dies aus einem organischen Baustoff, den die Natur unverzüglich wieder an sich nimmt, zersetzt und so befeuchtet, dass am Ende des Vulkanausbruchs nicht einmal Feuergarben stehen, sondern beizender Qualm vom schlechten Heizstoff für Armenstuben daraus wird. Entworfen wird all dies im Auftrag eines Monarchen, dessen Hauptbeschäftigung daneben die Abfassung von zehntausendseitigen Romanerfindungen ist. Man glaubt es kaum, und doch, wenn man tut, was der Historiker beim Großen Zweifel tut, der ihn sowieso immer wieder anfällt, also Bücher konsultiert, Suchmaschinen anwirft und Angaben vergleicht, dann muss man feststellen: Das muss sich annähernd so tatsächlich abgespielt haben, insofern nämlich als auch die übrige deutsche Geschichte jener Zeiten halbwegs glaubhaft ist, die ja weniger bizarr und luftspiegelhaft wirkt, sondern zum Beispiel mit nüchtern-brutalen Soldatenkönigen handfest genug aufwartet und folgenreich bezeugt ist.

Hans Pleschinski, der Entdecker und souveräne Nacherzähler – Nacherzähler ist jeder Historiker, überhaupt sollte das Nacherzählen einen höheren Rang in der Kultur haben – dieser besonderen, potenzierten Verschwundenheit, er hat durch die Anlage seiner Erzählung viel dafür getan, uns das zweifelnde Staunen erst fühlbar und dann auch erträglich zu machen. Einen amerikanischen Studenten aus sonnenklarer californischer Luft, wo die Dinge so scharf ins glückliche Auge stechen wie im alten Griechenland und für Nebelbilder und Feenzauber kein Raum ist, schickt er ins verregnete, von Wolken überzogene, im abnehmenden Licht verschwimmende Flachland Niedersachsens, und die von Urwäldern umschlungenen Tempelanlagen Kambodschas oder die Geröllhalden der Inkastädte in den Anden könnten ihm nichts Seltsameres enthüllen als der einsame Wolfenbütteler Bibliothekar – existiert er überhaupt, ist er nicht selbst ein Geist? –, der ihm hier mit vielen Worten und fahrigen, andeutenden Bewegungen die Verschwundenheit von Salzdahlum vor Augen zu bringen versucht.

Ist das nun eine raffinierte erzählerische Volte, eine reine Lufspiegelei, die Spaß macht, die aber bleibt, was sie ist, narratives Illusionstheater über ein viel älteres landesfürstlich-architektonisches Illusionstheater? Nein, es ist viel mehr. In Hans Pleschinskis Inszenierung einer von Gegenwart gerahmten Veschwundenheit an einem dafür doppelt geeigneten Objekt steckt wie in einer russischen Puppe eine zweite Verschwundenheit, nämlich eine Erfahrung seiner Generation, die ihn womöglich überhaupt befähigte, so empfindsam und heitertrauernd mit Geschichte in Verbindung zu treten. Man höre die ganz unbarocken Stichworte, die diesen Text auch skandieren: Nato, D-Day, Coventrisieren. Wir befinden uns in nächster, jüngster Vergangenheit, die ja, wie Thomas Mann zu Beginn des «Zauberbergs» erläuterte, immer die allerfernste, allerversunkenste ist, nämlich in den achtziger Jahren des 20. Jahrhunderts. Es ist nur vorausgesetzt, aber in jeder Zeile gegenwärtig und muss auch von jedem künftigen Leser als Spielregel dieses Erzählstücks vom Barock begriffen werden: Wir sind zunächst einmal im letzten Moment der Epoche von deutscher Teilung und Kaltem Krieg. Die Regenlandschaft, in dem ein Geisterheer von Höflingen Menuette tanzt, könnte auch Vorland eines Krieges mit nuklearen Feuerwaffen werden, wenn nicht überhaupt ein einziges versandetes und unbewohnbares Katastrophengebiet.

In diesem Land wurden noch im Erscheinungsjahr des Textes Mittelstreckenraketen stationiert, unweit einer Grenze, die mit Hunderten Wachtürmen, tausenden Kilometern Metallzäunen, Stacheldrahtverhauen, scharfen Hunden und Selbstschussanlagen gesichert war. Sie verlief direkt vor jenem Brocken und Geistertreff, den der Text ominös zitiert. Wer damals, um 1985, aus Süddeutschland kommend zu Studienzwecken mit der Bahn nach Göttingen fuhr oder über Hannover nach Bielefeld, der sah aus traulich-dunklen Waldzügen diese wahnwitzigen Sperranlagen unvermittelt auftauchen und rasch wieder in sie verschwinden, als schämten sie sich dafür, dass sie real waren. Und dann beschlich Beklommenheit den Bayern, dessen Auge damals meist nach Süden, über die Alpen ging und der es gewohnt war, mit einem Nachtzug nach Venedig, Bologna, Florenz zu hüpfen und mittags schon in Rom gekühlten Weißwein aus den Albaner Bergen zu trinken. Er konnte ja nicht einmal nach Weimar, nach Dresden, nach Wittenberg, obwohl das doch auch ganz interessante Orte für den waren, dem Geschichte, Kunst, Schönheit und Geist am Herzen lagen. Und die Orte auf dem Weg nach Norden, Nürnberg, Würzburg oder, über eine andere Strecke, Frankfurt und Köln, zeigten die Spuren einer kaum vernarbten Fasttotalzerstörung: inselhaft in Neubauzonen gestellte alte Kirchen, gerade, asphaltierte Straßen statt alteuropäischem Pflaster, Sichtbeton, Plattenfassaden, Schaufensterfronten in Fußgängerzonenwüsten. Verschwundenheit auch hier, hinter massivster Gegenwärtigkeit, die ganz ohne die Luftwurzeln im Vergangenen zu bestehen schien. Die knapp vermiedene Vernichtung und die erneut drohende Vernichtung nach dem unwahrscheinlichen Wiederaufbau hing über diesem Land wie saurer Dunst, für den jedenfalls, dessen Beruf es war, dem Verschwundenen nachzuforschen.

Wie erzählt man in einem solchen Land Geschichte? Soll man überhaupt noch Geschichte erzählen und nicht lieber den Steppenwind der Katastrophe und der Schuld über die ausgebrannten Stätten wehen lassen, um allenfalls noch aus dem Hier und Jetzt etwas Erträgliches zu machen? Auf einer dieser bedrückenden Zugfahrten vom Süden Deutschlands in den Norden las ich, wie es der Zufall wollte, den allerersten Text, den Hans Pleschinski überhaupt publizierte, eine Geschichte mit dem Titel «Ausflug», die im vierten Band des «Raben» des Haffmans Verlags stand.* Dieser Ausflug, der so harmlos und selbstverständlich daherkam wie eine der Spritztouren, die wir damals gern nach Florenz unternahmen, um eine Ausstellung zu sehen oder eine wichtige Inszenierung im Maggio Musicale wahrzunehmen, führte von München nach Dresden, und zwar so, wie es heute längst wieder Alltag geworden ist, 1983 aber vollkommen unvorstellbar war: im durchgehenden Zug über Hof und Leipzig, mit mählicher Zügigkeit bequem durchs Land. Ich brauchte einige Zeit, um zu begreifen, was diese kurze Erzählung mit aller bis in die Fahrplangestaltung

* Erschienen in Zürich, September 1983, dort S. 24–38. Jetzt in Hans Pleschinski, Verbot der Nüchternheit, München (C.H.Beck) 2007, S. 34–51 unter dem Titel «Ausflug '83».

präzisen Sorgfalt unternahm: Sie imaginierte ein gegenwärtiges, ganz heutiges ungeteiltes Deutschland. Schon das war wunderlich genug – die Teilung Deutschlands war unsere größte Sorge damals wenigstens im Süden keineswegs. Noch wunderlicher erschien, wie aus den Gesprächen der Reisenden in dieser Phantasie beiläufig eine deutsche Geschichte auftauchte, in der Hitler knapp, aber entschieden abgewehrt, zurückgewiesen worden war und nur die Italiener die kaum vorstellbare Schmach ihrer Mussolini-Diktatur erlitten hatten. Die leichtfüßige Kühnheit, mit der dieser damals vollkommen unbekannte junge Autor – sein Name brannte sich mir damit allerdings unvergesslich ein – die Nichtnotwendigkeit der tonnenschwer auf aller Erinnerung lastenden deutschen Katastrophe gedanklich durchspielte, war, das sah ich gleich, alles andere als leicht*fertig*.

Hinter dem Gedankenspiel tauchte jene wahre Trauer auf, die sich erst einstellt, wenn die Betäubung vorbei ist und das Übermaß des Verlustes deutlich wird. Die Fragen, die mich auf dieser damals noch sehr langen Zugfahrt von München nach Bielefeld aus der Erzählung von einer anderen Zugfahrt nach Dresden ansprangen, haben mich seither nicht mehr losgelassen. Man sagt es immer wieder, dass Hitler kein Betriebsunfall der deutschen Geschichte war, und mit Recht: Denn das würde die Verantwortung einer ganzen Gesellschaft, die sich ihm jahrelang fügte und oft genug eifrig zuarbeitete, kleinreden, und am Ende gilt sowieso: Betriebsunfälle kennt die Geschichte schon deshalb nicht, weil sie einen Normalbetrieb nicht zu definieren erlaubt. Aber wie furchtbar der Bruch war, der durch die Jahre und den Krieg Hitlers und seiner Deutschen in die Welt kam, wird doch erst erahnbar, wenn man die andere, gewissermaßen gesunde Möglichkeit erwägt: die Möglichkeit, er sei aus Vernunft und Besonnenheit abgewehrt worden, Millionen Menschen seien nicht verjagt und gemordet und hingeschlachtet worden, kein Zweiter Weltkrieg habe die alten Städte in der Mitte Europas in Schutt gelegt. Und vollkommen unvorstellbar ist diese andere Möglichkeit ja nicht. In jedem Moment der Geschichte gibt es die andere, ja viele andere Möglichkeiten. Das Netz der Kausalität ist zwangsläufig unberechenbar und auch hinterher nur lückenhaft erkennbar. Darum gehört zum historischen Forschen, Denken und Wiederherstellen neben dem Bewusstsein von der Verschwundenheit auch die Phantasie fürs Ungeschehene, oder um es mit den pathetischen Worten Rudolf Borchardts, einem Autor, den ich damals immer im Gepäck hatte, zu sagen: für «das nicht ganz Geschehene, das nur Entworfene, Nie-Geschehene, den vernichteten Plan der rettenden Einsicht und das brechende Herz des besseren Mannes».

Hans Pleschinskis «Holzvulkan» diese historiographisch genau gearbeitete, faktisch durch und durch verbürgte Parabel von einer höfischen Luftspiegelung, hat, das macht ihre ungewöhnliche Poesie aus, an den beiden Unwirklichkeiten der Historie ihren Anteil: an der Verschwundenheit und an der Anderen Möglichkeit, dem Nicht-Geschehenen, Nur-Entworfenen. Seine Erzählung träumt von einem besseren Land, in dem Humanität und Festlichkeit, sanfter Wahn und eigensinniges Wünschen sich zu einem einzigartigen Kapitel im Prozess der Zivilisation verbinden, den die Höfische Gesellschaft auch in Deutschland in Gang setzte. Heiterkeit und Trauer verbinden sich hier unnachahmlich spielerisch. Einer der deutschen Märchenkönige, der Besseres zu tun hatte als Soldaten zu exerzieren, Untertanen zu prügeln und Steuern zu horten, lebt ein Beispiel der Traumerfüllung vor. Er will mehr sein, als was er schon ist, will Paris, ja Rom erreichen, er will mit barocker Bockigkeit ein Leben, in dem sich Sprache reimt und Ruhm fassbar wird. Sicher, es gibt vielleicht noch vernünftigere Beispiele für ein solches ideales Streben, das Gartenreich von Wörlitz des Fürsten Franz von Anhalt oder den Weimarer Musenhof. Auch soll man nicht verkennen, dass auch dieser Traum seine Kosten hatte, mit Steuerschuld und Landauspressung. Denn ohne Anstrengung werden nicht nur zerstörerische Kriege nicht geführt, sondern wird auch das Werk der Zivilisation nicht errichtet. Andere Schlösser wurden fester gebaut und übersäen noch heute das Land mit fruchtbringenden Oasen eines höheren Daseins – etliche darunter rentieren sich sogar, weil sie Wirtschaft und Verbrauch in ihrer Umgebung anwerfen. Salzdahlum ist verschimmelt, versunken und verheizt, verschwundener als Maya-Pyramiden oder Aztekentempel. Aber verschwinden wird am Ende alles auf Erden – bis es soweit ist, haben die Menschen die Wahl, wie schön oder schlimm sie ihr Dasein zubringen wollen.

Unterdessen dürfen wir dieses erzählerische Juwel genießen, als heitere Belehrung über eine ferne Vergangenheit und als Zeugnis einer jüngeren Vergangenheit, in der wir alle noch mit dem Schlimmsten rechneten und kurz danach mit der Überraschung einer besseren Möglichkeit beschenkt wurden. War die Heiterkeit, die Hans Pleschinski seit den achtziger Jahren in unserer Literatur verbreitete, nicht ein Vorbote der großen Erleichterung, die 1989 für Deutschland und Europa eintrat? Ich kann sie schon lange nicht anders verstehen.

Die Geisterheere der Geschichte tummeln sich nicht nur auf Schlachtfeldern, sie tanzen auch in Ballsälen.

Gustav Seibt

INHALT